Wencke Thiele

Anabelle

Wencke Thiele

Anabelle

Impressum

Bibliografische Information der Deutschen
Nationalbibliothek:
Die Deutsche Nationalbibliothek verzeichnet diese
Publikation in der Deutschen Nationalbibliografie;
detaillierte bibliografische Daten sind im Internet über
http://dnb.dnb.de abrufbar.

© 2019 Wencke Thiele

Herstellung und Verlag: BoD – Books on Demand,
Norderstedt

ISBN: **9783743182479**

Regina von Allental stand mit ihrem Mann an einem der bodentiefen Fenster ihres Hauses und sah hinaus. An der Kaffeetafel, die von dem Dienstmädchen wie verabredet auf der Terrasse bereitet worden war, saß die Familie. Es war Reginas 45. Geburtstag. Sie beobachtete ihre Tochter Anabelle, die sich gerade mit der Mutter ihres Mannes unterhielt.

Sie seufzte. Ihr Mann legte ihr beruhigend die Hände auf die Schultern.

Regina sah kurz zu ihm auf. Ihr Mann war eineinhalb Köpfe größer als sie.

„Warum wir?"

Ihr Mann antwortete nicht. Wie oft hatten sie diese Frage schon in den letzten Jahren besprochen. Nie hatten sie eine Antwort darauf gefunden, weder allein, in stundenlangen Gesprächen, noch gemeinsam mit einem Therapeuten, dessen Spezialisierung Anlass zur Hoffnung gegeben hatte. Nichts hatte sich geändert.

„Wir sollten wieder hinunter gehen", schlug ihr Mann vor. Sie nickte. Sie folgte ihm in das Erdgeschoss. Sie zwang sich zu lächeln. Dann betrat sie die Terrasse. Die Mutter von Richard sah auf.

„Alles in Ordnung, Liebchen?"

Regina nickte.

„Ja, alles in Ordnung, Madeleine, nur ein geschäftliches Telefonat. Entschuldigt die Unterbrechung." Sie sah kurz zu ihrer Tochter hinüber. „Über was habt ihr euch denn gerade unterhalten?"

„Ach", machte Madeleine und lächelte in Anabelles Richtung, „ich habe ihr gesagt, dass ein Hauslehrer nicht das Schlechteste ist. Wie du weißt, haben wir viel Kontakt zu Akademikern, auch Lehrern. Was die so von den öffentlichen Schulen erzählen…" Sie wandte sich wieder Anabelle zu. „Sei froh, dass du nicht dorthin musst."

„Es ist langweilig, immer allein zu lernen", sagte das Mädchen.

„Anabelle, das Thema hatten wir." Ihr Vater sah sie eindringlich an.

„Ja, Vater", antwortete seine Tochter, „ich weiß auch, warum ich Privatunterricht bekomme. Ich sage nur, dass es manchmal langweilig ist."

Richard von Allental nickte seiner Tochter zu. Madeleine bedachte das Mädchen mit einem mitfühlenden Blick. Seit ihr Sohn ihr anvertraut hatte, dass das Mädchen unter einer scheinbar unheilbaren Krankheit litt, finanzierte sie den Privatlehrer mit. Nicht, dass es ihr Sohn nötig gehabt hätte, aber sie wollte sie daran beteiligen, ihrer Enkelin wenigstens noch dieses zu ermöglichen. Was genau das Mädchen hatte, hatte er nicht gesagt. Nur soviel, dass es vermutlich mit dysfunktionalen Entwicklungen im Bereich der libidinös-affektiven Funktionen zu tun hatte. Was immer das heißen mochte.

„Wie weit seit ihr denn schon?"

Anabelle sah ihre Großmutter väterlicherseits irritiert an.

„Wie weit?"

„Ja, wollte dein Lehrer mit dir nicht dieses Buch lesen?"

„Welches Buch?"

„Aineias", sagte Regina.

Anabelle seufzte versteckt.

„Wir haben gerade angefangen."

Latein! Wozu in aller Welt brauchte sie Latein? Sie wollte weder Ärztin noch Anwältin werden. Für ihren Berufswunsch musste sie verständlich reden können, mehr nicht. Oder zumindest die lateinischen Namen der Pflanzen kennen. Naja, vielleicht noch dafür. Aber ein Latinum galt nun mal nicht als Voraussetzung für eine

Floristenausbildung oder ähnliches. Ihre Eltern würden soundso nie zulassen, dass sie lediglich eine profane Ausbildung machte. Unter einem Masterstudium ging gar nichts. Und wahrscheinlich nicht mal das. Dazu hätte sie das Haus verlassen müssen!

Sie sah ihrer Familie dabei zu, wie diese sich an der nachmittäglichen Feiertafel über die Entwicklungen des Familienunternehmens und die Umbrüche an den Börsen unterhielt. Sie langweilte sich. Aber nachzufragen, ob sie die Tafel verlassen durfte, brauchte sie nicht. Es würde ihr nicht gestattet werden. Zu groß war die Gefahr, dass sie die Zeit nutzte, in der ihre Eltern durch die Gespräche an die Tafel gebunden waren, um ihrer Krankheit nachzugehen. Nein, das würden sie nicht riskieren. Sie erhob sich dennoch.

„Wohin gehst du?", kam es sofort von ihrer Mutter.

„Ich möchte ins Badezimmer", erwiderte Anabelle. Ihre Mutter nickte.

„Komm bitte gleich wieder."

Anabelle nickte nur. Sie ging ins Haus und betrat das Badezimmer im Erdgeschoss. Vorsorglich schloss sie hinter sich ab. Mehr als einmal war es ihr passiert, dass ihre Mutter nachschauen gekommen war, ob sie auch ja das tat, was sie angegeben hatte. Und pinkeln wollte sie nun wahrlich nicht vor ihrer Mutter. Seufzend ließ sie sich nieder. Die ganze Situation machte ihr das Leben zur Hölle. Diese vermaledeite Diagnose! Alles hatte damit angefangen.

Seitdem stand sie unter ständiger Aufsicht. Nur keine Gelegenheit geben! Selbst ihre Zimmertür hatte sie eines Tages nicht mehr vorgefunden. Es sei zu ihrem Besten, hatte ihre Mutter erklärt, man wolle sie nur schützen.

Schützen? Indem man eine 24-Stunden-Bespitzelung aufrüstete? Hatte sie denn kein Recht auf ein wenig Privatsphäre? Wenigstens am Nachmittag oder sonst wann? Nein, scheinbar nicht. Alles wurde beobachtet. Auf dem Flur vor ihrem Zimmer hing eine Kamera.

Sie wusch sich die Hände und kehrte auf die Terrasse zurück. Ihre Mutter musterte sie forschend. Nein, wohl nicht, dafür war die Zeit zu kurz gewesen. Gut. Anabelle ließ sich wieder neben Madeleine nieder. Auf in die nächste Runde Smalltalk.

„Anabelle, Sie müssen sich besser konzentrieren."

„Ich kann aber nicht." Anabelle schob mit Schwung die Unterlagen beiseite. „Ich sitze hier schon 5 Stunden ohne Pause. Ich komme nie aus diesem verdammten Haus raus ohne irgendwelche Bodyguards weiblicher Art. Wie soll man sich da zwischendurch mal entspannen. Selbst mein Zimmer wird videoüberwacht."
Ihre Hauslehrerin lächelte.
„Sie müssen das verstehen", sagte sie, „Ihre Eltern…"
„Die Leier kenne ich", unterbrach Anabelle sie, „ist ja schön und gut, dass sie sich Sorgen um mich machen. Aber Totalüberwachung ist absolut übertrieben."
Frau von Zurbriggen zog die Unterlagen wieder heran.
„Wir machen noch das hier und dann eine Pause."
Anabelle knurrte nur. Sie konnte nicht mehr. Sie wollte nicht mehr. Am liebsten hätte sie geschrien. Aber das hätte ihre Eltern nur wieder in dem Glauben bestärkt, die Krankheit habe noch mehr Besitz von ihr ergriffen.
„Können wir nicht jetzt eine Pause machen?", fragte sie. „Ich kann mich nicht mehr konzentrieren. Sie müssen nachher eh nochmal alles erklären."

„Nein", antwortete ihre Hauslehrerin, „das machen wir jetzt noch."
Anabelle seufzte. Sie wusste, Frau von Zurbriggen würde nicht nachgeben.
Zwei Stunden später durfte sie aufstehen.

„Das geht nicht."
Sie hörte ihre Eltern im Wohnzimmer. Anabelle blieb auf der Treppe stehen. Sie lauschte.
„Richard, wir können das Mädchen nicht allein hier lassen. Du weißt, was passieren würde. Das wäre ein großer Rückschritt in ihrer Heilung. Und mitnehmen können wir sie auch nicht. Nein, du musst allein zu diesem Kongress. Ich werde mich krankmelden."
„Du kannst nicht fehlen", hörte sie ihren Vater, „Regina, das ist dein Spezialgebiet in der Firma. Sie erwarten, dass du einen Vortrag über das Konzept hältst. Niemand hat in der Firma einen solchen Einblick darüber wie du."
„Ich kann nicht mit", wiederholte ihre Mutter, „wir können Anabelle nicht alleine lassen. Und unserem Dienstmädchen Elvira vertraue ich sie mit Sicherheit nicht an."
„Das sollst du ja auch nicht. Es muss noch eine andere Lösung geben. Vielleicht kann meine Mutter einspringen?"

„Weiß sie, was Anabelle hat?"
Ihr Vater antwortete nicht, aber sie schätzte, dass er den Kopf schüttelte.
„Siehst du", fuhr ihre Mutter fort, „du müsstest ihr alles sagen. Nein, das können wir nicht."
Anabelle seufzte lautlos. Sie war nicht krank! Sie war nicht verrückt! Sie kam gut und gerne zweieinhalb Tage allein zurecht!
„Dann werde ich mich krankmelden", erklärte nun ihr Vater, „du musst dahin, Regina. Meine Anwesenheit ist nicht unbedingt notwendig. Ich werde einen grippalen Infekt vorschieben. Während ich hier bin, kann ich endlich mal die ganze Post beantworten, die in den letzten Wochen liegen geblieben ist."
Anabelle entfernte sich leise.

Kopfschüttelnd saß ihr ihre Mutter gegenüber.
„Kind", sagte sie, „ich verstehe dich nicht. Du hast schon die beste Lehrerin und Einzelunterricht. Was sollen wir noch machen?"
Anabelle schwieg.
Egal, was sie sagen würde, es würde als Ausflüchte angesehen.
Frau von Allental wandte sich an die Hauslehrerin.

„Sagen Sie mir, wie können wir unsere Tochter noch besser unterstützen?"
Frau von Zurbriggen lächelte.
„Sie muss sich besser konzentrieren", entgegnete sie, „das ist alles. Sie muss sich mehr auf das Lernen einlassen."
„Ich tu nichts anderes als Lernen", vermeldete Anabelle.
„Scheinbar nicht genug", versetzte ihre Mutter.
„Scheinbar zu viel", entgegnete ihre Tochter, „ich kann mich schon gar nicht mehr konzentrieren. Ich sehe nur noch Bücher, Bücher, Bücher. Schon n Wunder, wenn ich mal in den Garten darf. Bewegen darf ich mich nur unter Anleitung. Kein Wunder, dass ich keine … dass ich nicht nur lernen will."
Besser sie vermied derartige Wörter.
„Wie sehen Sie das?"
Ihre Mutter sah die Lehrerin an.
„Wir bleiben bei unserem Pensum."
Anabelle verdrehte die Augen.
„Soll ich nicht noch Griechisch, Hebräisch, Portugiesisch, Chinesisch, Japanisch und weiß ich nicht was lernen?! Atomphysik wäre auch noch 'ne Möglichkeit. Oder warum mache ich nicht gleich ein BWL-Studium?"
„Sei nicht so sarkastisch, Anabelle."

„Ich kann nicht mehr!!!"
„Schrei hier nicht so rum. Es ist zu deinem Besten."
Nun schrie Anabelle wirklich. Zu ihrem Besten! Von wegen!
Einen Erfolg hatte sie damit. Ihre Mutter brach den Unterricht für heute ab. Was folgen würde, wusste Anabelle. Saft trinken, von dem sie genau wusste, dass ein starkes Beruhigungsmittel darunter gemischt worden war, und schlafen bis zum nächsten Morgen. Von ihr aus! Hatte sie wenigstens Ruhe. Ändern würde sich eh nichts.

Regina von Allental saß aufgelöst im Wohnzimmer. Ihr Mann sah neben ihr und hatte ihr den Arm um die Schultern gelegt. Er versuchte sie zu beruhigen.
„Es war schon alles so gut", schniefte Regina, „so lange hatte sie keinen Anfall mehr. Und heute… aus heiterem Himmel…" Sie seufzte laut.
„Was war denn los?", fragte ihr Mann zum dritten Mal. Er hatte noch keine Antwort auf seine Frage bekommen. Regina berichtete vom Nachmittag.
„Sie lernt wirklich viel", bemerkte ihr Mann anschließend. Regina hob den Kopf.

„Du gibst ihr Recht?", fragte sie entgeistert.

„Ich finde nur, dass sie in letzter fast nur noch Unterricht hat. Frau von Zurbriggen ist von morgens um halb neun bis abends um fünf hier. Und bis auf das Mittagessen gibt es so gut wie keine Pause."

Regina von Allental sah ihren Mann an.

„Willst du mir damit sagen, dass ich unsere Tochter nicht richtig fördere, oder wie?"

„Nein", sagte er beruhigend, „aber ich finde, wir könnten ihr ein bisschen mehr Freizeit lassen."

„Freizeit!", sie schnaufte ironisch. „Du weißt schon, wofür sie die nutzen wird."

„Sie ist nicht unbeobachtet", warf ihr Mann ein. „Wenn etwas in die Richtung geschieht, können wir eingreifen. Oder gib ihr ein eigenes Projekt, an dem sie arbeiten kann. Die Homepage für die Kindergala zum Beispiel. Da ist sie beschäftigt, tut etwas Sinnvolles und wir haben sie im Blick."

Seine Frau musterte ihn.

„Ich weiß nicht", sagte sie, „vielleicht sollten wir das mit Professor Neureich besprechen."

Anabelle wusste, was sie erwartete, als sie den Therapeuten im Wohnzimmer ihrer Eltern sitzen sah. Seit Jahren begleitete er die Familie. Sie begrüßte ihn.

„Anabelle, es freut mich, Sie zu sehen."

Anabelle bemerkte, dass Professor Neureich der einzige Mann war, der das Haus betreten durfte, außer ihrem Vater natürlich.

„Guten Tag, Professor."

Ihre Eltern beobachteten das Geschehen.

„Nun", begann der Professor, „Ihre Eltern haben mich gerufen. Gab es denn etwas Neues?"

„Nein."

„Nein?" Der Therapeut war überrascht. Er sah zu den von Allentals hinüber.

„Anabelle hatte wieder einen ihrer Anfälle", erklärte ihre Mutter.

„Hatte ich nicht."

Regina von Allental seufzte und sah ihr Tochter mitleidend an.

„Wissen Sie, Professor, wir machen uns Sorgen um Anabelle. Sie wird im Privatunterricht immer schlechter. Sie ist ungehalten. Sie schreit."

„Ich habe einmal etwas lauter gesprochen."

„Also war doch was?", erkundigte sich der Professor.

„Ja."

„Nein."

„Ja, was denn nun?"

Der Therapeut schien verwirrt. Er sah zu Herrn von Allental hinüber.

„Ich war nicht dabei", Anabelles Vater hob die Hände, „das müssen Sie mit meiner Frau besprechen."

„Professor", wandte sich ihre Mutter nun wieder an ihn, „bitte reden Sie noch einmal mit unserer Tochter. So kann es nicht weitergehen." Sie erhoben sich. Leise schlossen sich die Flügeltüren von außen. Anabelle schnaufte laut.

„Ich bin ein wenig verwirrt", sagte Professor Neureich, „was ist denn nun genau passiert?"

Anabelle berichtete von dem Gespräch, von ihrer Kritik und der Auseinandersetzung.

„Das heißt, Sie sehen es nicht als Anfall?"

„Nein", sagte Anabelle beherrscht, „es war keiner, ich war einfach nur überfordert. Ich muss von morgens bis abends lernen und habe keine Zeit für Rekreation."

„Die wie aussehen soll?"

Anabelle wusste, was er wissen wollte.

„Ich möchte mein Beet im Garten wieder bepflanzen, ich möchte mal wieder auf dem Klavier üben, für mich, nicht als Unterricht, ein wenig lesen."

„Lesen, was denn?"

Sie zuckte mit den Schultern.

„Jedenfalls nichts, was ich erst übersetzen muss oder wovon man anschließend eine astreine Interpretation von mir haben will."

Sie überlegte. Was war unverfänglich?

„Es gibt ein Buch von einer englischen Autorin. Sie schreibt über Kinder, über ihre Schulzeit, verschiedene Geschichten, wie sie ihren Schultag meistern."

Harry Potter, aber das würde sie ihm nicht sagen.

„Nun, das wäre in der Tat eine gute Lektüre."

Anabelle verkniff sich ein Grinsen.

„Aber ich habe keine Zeit dafür."

„Warum nicht?"

„Meine Eltern, vor allem meine Mutter bestehen darauf, dass ich von 8.30 bis 17.00 Uhr lerne. Mit einer Stunde Pause für das Mittagessen."

„Durchweg?"

Sie nickte.

„Das ist in der Tat zu viel."

„Meine Mutter denkt das nicht."

Professor Neureich sah sie an.

„Ich werde mit ihr reden", sagte er. „Was halten Sie für angemessen, Anabelle?"

„Von 8.30 bis 12", sagte sie, „dann Mittagessen und dann noch mal bis halb drei. Danach kann ich mich nie konzentrieren."

Er nickte langsam.

„Frau von Allental", rief er dann in Richtung Tür. Augenblick öffnete sie sich.

„Ja, Professor."

„Setzen Sie sich. Ich habe einen Vorschlag. Mir scheint die junge Dame ein wenig überreizt. Ich halte es für gut, wenn sie sich ein wenig ausruhen kann. Wäre es möglich, die tägliche Lernzeit auf 14 Uhr zu beschränken."

„Und danach?"

Ihre Mutter sah ihn an.

„Geben Sie ihr ein wenig Freiraum. Hat sie nicht ein Beet? Lassen Sie sie es bepflanzen. Oder lassen Sie sie lesen. Nichts für die Schule. Einfach so. Oder…

Musik wäre auch gut."

„Anabelle bekommt Klavierunterricht."

„Schon wieder Unterricht", sagte der Professor, „nein, das ist keine Entspannung für das Mädchen. Klassische Musik hören oder auch nur so auf dem Klavier spielen."

Man sah Frau von Allental ihr Missbehagen an.

Anabelle schwieg. Der Professor sprach ganz in ihrem Sinne.

„Ich weiß nicht. Und was ist mit den schlechten Noten?"

„Das gibt sich auch", erklärte Professor Neureich. „Trauen Sie Ihrer Tochter mehr Eigenständigkeit im Lernen zu. Machen Sie ihr gemeinsam mit der Hauslehrerin einen Themenplan. Lassen Sie sie lernen, wann sie möchte. Sie bestimmt den Zeitpunkt. Sie und Frau von Zurbriggen die Themen und das Prüfungsdatum."

„Ich muss erst mit ihr reden."

War das nicht klar!

Der Professor erhob sich.

„Ich denke, so sollten wir es versuchen", sagte er, „wenn irgendetwas sein sollte, rufen Sie mich an. Meine Nummer haben Sie ja." Er verabschiedete sich. Anabelle sah ihre Mutter an.

Sie musterte ihre Tochter.

„Geh ins Studio. Frau von Zurbriggen wartet."

Es hatte sich nichts geändert. Die Studienzeiten blieben die gleichen, zusätzlich hatte sie sich um die Homepage für eine Spendengala zu kümmern, der Garten sollte in Ordnung gebracht werden und statt dreimal hatte sie nun fünfmal Klavierunterricht. Anabelle streikte. Sie benahm sich extra unmöglich. Sie lernte nicht mehr. Die Homepage hatte sie nicht angefangen, beim Klavierunterricht weigerte sie sich zu spielen. Immer wieder geriet sie in Streit mit ihren Eltern. Es kümmerte sie nicht.

Sie wusste, dass sie über kurz oder lang mit Konsequenzen rechnen musste. Die Gespräche ihrer Eltern wurden zunehmend intensiver.

Auch heute hatte sie Frau von Zurbriggen wieder zur Weißglut getrieben. Nicht eine Deklination hatte sie gekonnt. Es war zum Streit gekommen. Ihre Mutter hatte sie in den Saal bestellt, unter ihre Aufsicht, und hatte ihren Mann angewiesen alles Notwenige in die Wege zu leiten. Was das heißen sollte, wusste Anabelle nicht.

Drei Tage später, Anabelle hatte sich gewundert, dass der Privatunterricht ausgefallen war, klingelte es an der Tür. Anabelle war am Morgen angewiesen worden, ihre gute Kombination anzuziehen. Es ging nach draußen? Welch Wunder!

Eine Frau und ein Mann mittleren Alters traten ein. Anabelle betrachtete sie. Sie sahen verbissen aus, dachte sie. Jemand anderem hätten ihre Eltern auch nie zugestimmt.

Die beiden Besucher unterhielten sich mit ihren Eltern. Anabelle saß dabei und seufzte innerlich. Warum musste sie hier sein?

Nach einer Stunde erhoben sie sich.

„Kommen Sie."

Das waren die ersten Worte, die man an sie richtete.

„Wohin?", fragte Anabelle.

„Hinaus."

Welch sinnreiche Antwort. Anabelle folgte ihnen. Vor dem Haus stand ein Auto. Anabelle sah die beiden an.

„Wohin fahren wir?"

Der Mann hatte die Tür geöffnet.

„Steigen Sie bitte ein."

„Wohin fahren wir?", fragte sie noch einmal. Sie machte keinen Schritt vorwärts. Eine Hand legte sich auf ihre Schulter.

„Geh mit." sagte ihre Mutter. „Mach bitte keine Schwierigkeiten."

„Ich möchte nur wissen, wohin wir fahren." erwiderte Anabelle ruhig. Das war ihr gutes Recht, oder nicht?

„Steigen Sie bitte ein, Fräulein von Allental." Der Ton ihrer Begleiterin war streng.

„Sagen Sie mir, wohin wir fahren, und ich sitze sofort im Auto."

„Nach Jobheim."

Nie gehört.

Sie setzte sich. Ihre Mutter atmete hörbar auf. Ihr Vater drückte ihr einen Kuss auf die Wange. Anabelle wunderte sich. Sie sah durch das Rückfenster, wie eine Tasche verladen wurde. Der Mann setzte sich an das Steuer, seine Begleitung neben sie. Als sie abfuhren, winkten ihre Eltern. Irgendwas passierte hier gerade Seltsames.

Was es war, wusste Anabelle schnell. Jobheim war kein gewöhnlicher Ort, es war eine psychiatrische Klinik. Mehrere Tage wurde sie ruhig gestellt. Aber Anabelle beruhigte sich nicht. Sie verlangte mit ihren Eltern zu sprechen. Sie verlangte ein Gespräch mit der Leitung. Sie... Jedes Mal wurde sie mit Medikamenten zum Schweigen gebracht. Sie verlor das Gefühl für die Zeit. Mehr als eine Woche hatte sie keinen Tag und keine Nacht mehr unterschieden. Sie war von den anderen isoliert.
Scheinbar hielt man sie für einen schweren Fall. Anabelle war wütend. Wenn sich nur einer, einer oder eine Einzige mal die Zeit nehmen würde, ihr vorurteilsfrei zuzuhören! In Nullkommanix wäre die ganze Angelegenheit geklärt. Aber ihre Meinung war nicht gefragt. Eltern hatten Recht, vor allem wenn sie Geld und Einfluss hatten.
Nach einiger Zeit wurde sie nach oben in den Eingangsbereich gebracht. Anabelle war verwundert. Sie folgte der Schwester auf den Parkplatz. Dort wartete ein Geländewagen. Erstaunt betrachtete Anabelle die Frau, die am Wagen lehnte.
„Anabelle von Allental", sagte die Schwester.

Die Frau nickte ihr zu.

„Guten Tag", sagte sie, „dann steigen Sie mal ein."

Anabelle setzte sich. Was sie erwartete, wusste sie nicht. Besser als hier würde es überall sein. Und Tötungsstationen gab es ja wohl nur für Tiere im Süden.

Sie fuhren vom Gelände. Die Frau warf einen Blick in den Rückspiegel. Sie grinste.

„Sie sehen aus, als wüssten Sie überhaupt nicht, was los ist." sagte sie.

Anabelle nickte.

„Weiß ich auch nicht."

Sie hielt an einer roten Ampel und wandte sich um.

„Gar nicht?"

„Nein."

Für einen Moment verharrte der Blick auf ihr. Dann wandte sie sich wieder nach vorn. Sie fuhren einige Straßen. Dann hielt sie. Sie schaltete den Motor aus.

„OK, dann lassen Sie mich Sie mal auf den neuesten Stand bringen", sagte sie. „Mein Name ist Dr. Christine Kober. Ich arbeite in einem Jugendprojekt, das sich mit psychisch kranken Kindern und Jugendlichen beschäftigt. Wir sind eine etwas andere Einrichtung. Wir arbeiten nicht mit Medikamenten, sondern mit Arbeit. Unsere

Einrichtung liegt auf dem Land. Weit weg von Gewalt, Drogen und allem anderen. Die Klinik hat mich gebeten, Sie aufzunehmen, weil sie mit Ihnen nicht mehr klargekommen sind."

„Sie haben mich mit Medikamenten vollgepumpt", sagte Anabelle nur.

Dr. Kober nickte.

„Eine sehr geläufige Maßnahme dort, aber für Ihren Fall nicht die richtige."

„Ich bin kein Fall."

Dr. Kober lächelte.

„So meinte ich es auch nicht. Medikamente helfen bei physischen Krankheiten, auch bei manchen psychischen. Aber eben nicht immer. Wir fahren erst mal weiter, okay? Ist es Ihnen recht, wenn wir uns duzen? Das tun wir alle dort."

Anabelle nickte.

„Also, ich bin Christine."

„Anabelle", sagte sie, „oder Ann oder so."

„Oder so", grinste Christine, „dann fahren wir mal weiter, oder so."

Anabelle schmunzelte. Die benahm sich normaler als viele in ihrer Familie.

Nach einer längeren Autofahrt bog Christine schließlich in einen kleineren Sandweg ein, der von der Landstraße wegführte. Anabelle sah sich um. Hier war nichts weiter außer Felder, kleinen Wäldchen und Landstraße. Aber zumindest war sie mal wieder draußen. Sie konnte sich nicht erinnern, wann sie das letzte Mal so viel freie Landschaft gesehen hatte.

Sie fuhren auf ein kleines Anwesen zu. Es sah aus wie ein Bauernhof. Vor dem großen Eingangstor lag ein dicker Hund.

„Coco, beweg deinen Hintern zur Seite", rief Christine aus dem Fenster. Der Hund hob den Kopf, wedelte mit dem Schwanz und legte sich wieder hin. Christine verdrehte belustigt die Augen.

„Das ist Coco", sagte sie, „der faulste Hund der Welt. Nur in Bewegung, wenn es ums Kraulen oder ums Fressen geht." Sie stieg aus und zog den Hund zur Seite. Dann fuhr sie den Wagen auf das Gelände. Sie sah auf die Uhr.

„Es ist gerade Mittagszeit. Da kommen wir genau richtig."

Sie stiegen aus und betraten das Haus. Coco trottete ihnen hinterher.

„Hallo zusammen, wir sind da." rief Christine in den großen Raum im Erdgeschoss. Ein junger Mann erhob sich und kam auf sie zu.

„Hey", sagte er und streckte Anabelle die Hand hin. „Ich bin Jonas. Wir duzen uns alle hier. Ist das OK?" Anabelle nickte.

„Anabelle", sagte sie. Sie bemerkte die unzähligen Augenpaare, die auf sie gerichtet waren.

„Also", Jonas wandte sich an die Gruppe Jugendlicher, „das ist Anabelle. Ab heute ebenfalls hier auf dem Hof."

„Hallo." Anabelles Stimme war eher leise gegen die von Jonas.

Vereinzelt kam ein Gruß zurück.

„So, nun essen wir erstmal in Ruhe und danach klären wir alles Weitere."

Christine reichte ihr einen Teller aus dem Schrank und deutete auf einen leeren Platz am Tisch der Jugendlichen. Sie setzte sich. Ein Mädchen lächelte sie an und schob ihr die Schüssel mit den Spaghetti hinüber.

Nach dem Essen hatte Christine Anabelles Gepäck aus dem Wagen geholt und war mit ihr in den ersten Stock hinauf gestiegen. In einem der Zimmer hatte sie die Tasche abgestellt.

„Es ist nicht das Hilton, aber es reicht, denke ich", sagte sie schmunzelnd. Anabelle sah sich um. Sie entdeckte das zweite Bett.

„Wohnt hier noch jemand?"

„Im Moment nicht", sagte Christine, „aber es kann sein, dass du in der nächsten Zeit noch jemand dazu kriegst. Je nachdem, ob wir jemanden vom Jugendamt oder anderen Einrichtungen hierher gewiesen bekommen. Die anderen hast du ja eben schon beim Essen kennengelernt. Derzeit sind wir 12 Jugendliche und vier Betreuer. Wir wechseln uns immer ab. Zwei sind mindestens da. Außer Jonas und mir gibt es noch Mike und Flora. Von den Jugendlichen sind es derzeit 8 Jungen und mit dir vier Mädchen. Setzt euch gegen die Jungs zur Wehr. Die bekommen manchmal einen Überlegenheitsrappel. Erinnert sie einfach dezent an die Hausregeln. Apropos", sie zog ein Blatt aus der Tasche, „die hier müsstest du dir noch durchlesen und unterschreiben. Das sind unsere Regeln hier und wie wir damit umgehen, wenn sie nicht eingehalten werden. Drogen und Alkohol sind bei uns absolut tabu. Auch Gewalt. Wenn du so etwas siehst, melde es uns bitte. Das ist kein Petzen, sondern eine Hilfe für uns. Manche haben damit vorher nämlich ein echtes Problem gehabt. Nicht, dass sie hier unbemerkt rückfällig werden."
Anabelle nickte.
„Noch Fragen?", erkundigte sich Christine.
„Gibt es besondere Zeiten, die man beachten muss?"

„Ja", Christine nickte, „morgens um 8 Uhr ist Frühstück. Außer wenn du krank bist, erwarten wir Anwesenheit bei allen Mahlzeiten. Um 12.00 Uhr Mittag und um 18 Uhr Abendessen. Nachtruhe ist um 22Uhr. Also auf dem Zimmer sein und Licht aus. Und vor allem Ruhe! Unterhalten oder Musikhören oder so könnt ihr natürlich auch noch. Aber eben leise."
Anabelle nickte.
„Einmal am Tag ist gemeinsam Sport angesagt, die Zeiten wechseln, das wird morgens beim Frühstück angesagt und es gibt an der Eingangstür auch ein Mitteilungsbrett, da steht alles Wichtige drauf. Über den Tag habt ihr verschiedene Aufgaben. Manche helfen in der Küche, manche bei den Tieren, manche auf dem Feld... und jeden Tag drei Stunden Schule."
„Nur drei?"
Christine schmunzelte.
„Für einige ist das eine nicht zu leistende Herausforderung."
„Meine Eltern haben mich von 8.30 – 17 Uhr lernen lassen, mit einer Stunde Mittagspause."
„Ganztagsschule?"
„Nein, Privatlehrer." Irgendwie war es Anabelle peinlich es zuzugeben. Es hörte sich so übertrieben versnobt an.

„Also noch intensiver", meinte Christine, „naja, hier sind es jedenfalls drei Stunden. Unsere Lehrerin hier kommt extra dafür her. Ich denke, bevor sie dich einteilt, wird sie dich ein wenig einzeln prüfen."
Anabelle nickte.
„Noch was?" Christine überlegte. „Hast du ein Handy dabei?"
Anabelle schüttelte den Kopf.
„Gut, das würden wir nämlich einziehen. Na, dann war's das erstmal. Wenn nachts irgendwas sein sollte", sie traten auf den Flur und Christine deutete auf eine blau gestrichene Tür, „das ist das Betreuerzimmer. Wenn Jonas Nachtdienst hast, muss man etwas länger klopfen, der schläft ziemlich tief." Sie kicherte. „Alles klar dann?"
Anabelle nickte.
„Gut, dann pack erstmal in Ruhe aus. Danach kannst du dir ein wenig das Gelände angucken. Oder du kommst zu uns. Wir finden schon eine Beschäftigung für dich."
Christine ging. Anabelle kehrte in das Zimmer zurück. Sie ließ sich aufs Bett sinken. Warum war sie eigentlich hier?

Sie war gerade dabei, ihre wenigen Kleidungsstücke in den Schrank zu räumen, als es an ihrer Tür klopfte.

„Hey", das Mädchen vom Essen lächelte sie an, „du bist also jetzt neu hier."

Anabelle nickte.

„Ja, ich heiße Anabelle."

„Ich bin Judith, aber alle nennen mir Judy." sagte das Mädchen. „Warum bist du hier?"

Anabelle lächelte verlegen.

„Ehrlich gesagt, weiß ich das nicht."

Judy sah sie verdutzt an.

„Wie, das weißt du nicht? Hat man dir nicht zur Wahl gestellt hierher zu kommen?"

Anabelle schüttelte den Kopf.

„Nein, Christine hat mich heute Morgen abgeholt und hierhergefahren. Ich wusste nichts davon."

Judy runzelte die Stirn.

„Frag sie am besten mal. Das hört sich seltsam an." schlug sie vor. „Aber ist ja auch nicht so wichtig. Wir sind hier nur 4 Mädchen mit dir. Die Jungs gehen einem da manchmal echt auf den Senkel. Lass dir von denen nichts einreden, weil du die Neue bist. Jeder hat hier seine Aufgaben zu machen. Die versuchen ganz gerne mal sich drum zu drücken."

„Christine sagt, ich soll sie dezent an die Regeln erinnern."

Judy grinste.

„Ist ne Möglichkeit", meinte sie, „aber am besten erinnerst du sie an ihre Schulleistungen. Da sind die meisten ganz schnell still."

„Wie ist die Schule hier eigentlich so?"

„Ach", machte Judy, „eigentlich ganz ok. Wir können uns fast immer selbst aussuchen, welches Fach wir an dem Tag machen. Wir müssen bloß alle Fächer mal in zwei Monaten gemacht haben. Es gibt für jeden eine Art Lernbuch, wo wir eintragen, was wir machen und wo Lizzy abzeichnet."

„Lizzy?"

„Unsere Lehrerin. Ist noch ziemlich jung, aber cool."

„Und wie wird dann benotet?"

„Naja, so richtige Noten bekommen wir nicht, außer für regelmäßige Abschlusstests. Aber Lizzy schreibt sich auf, wie wir mitarbeiten, ob wir nur rumalbern oder auch lernen, ob wir uns Mühe geben, ob wir oft nachfragen und dann immer dasselbe…"

„Wann ist denn immer Schule?"

„Kommt drauf an, in welcher Gruppe du bist. Wir sind aufgeteilt. Eine Gruppe hat vormittags, die andere nachmittags. Ich bin vormittags dran. Ist mir auch lieber. Nachmittags könnte ich eher einschlafen. Da arbeite ich lieber körperlich. Ich bin in der Tiergruppe. Weißt du schon, wohin du kommst?"

Anabelle schüttelte den Kopf. Sie hörten weitere Stimmen auf dem Flur.

Zwei andere Mädchen tauchten auf.

„Das sind Coco und Pam."

„Wie der Hund?", rutschte es Anabelle heraus.

Coco grinste.

„Ja, wie der Hund", sagte sie, „aber nicht genauso fett. Faul schon eher."

„Wo geht ihr hin?"

„Wir haben Felddienst", antwortete Pam.

„Ach ja", machte Judy, „na dann, viel Spaß. Heute Nachmittag soll's regnen."

Pam streckte ihr die Zunge raus. Die beiden Mädchen verschwanden. Auch Judy verabschiedete sich. Anabelle räumte den Rest ihrer Sachen in den Schrank. Dann ging sie hinunter ins Erdgeschoss.

Jonas saß im großen Raum und sah auf, als sie eintrat.

„Na", lächelte er sie an, „schon eingerichtet in deinem Schloss?"

Sie nickte.

Sie reichte ihm den unterschriebenen Zettel.

„Ach ja, danke." sagte er. „Und, sonst noch welche Fragen?"

Sie nickte abermals.

„Zwei", sagte sie. „Judy hat mich gefragt, warum ich hier bin. Ich wusste es nicht."

Jonas sah sie an.

„Nicht?"

Sie schüttelte den Kopf.

„Nur, dass mich Christine heute Morgen abgeholt hat."

Er schob die Unterlagen auf dem Tisch beiseite und wandte sich ihr zu.

„Die Klinik hat angerufen, ob wir bereit wären ein Mädchen aufzunehmen, dass Gewalt- und andere psychische Probleme habe. Die Klinik selbst würde nicht mehr mit dem Mädchen zurecht kommen. Sie würde um sich schlagen, sei renitent und aggressiv und so weiter."

„Die haben mich mit Medikamenten vollgepumpt und mir nicht einmal erlaubt mit meinen Eltern zu telefonieren oder mir gesagt, warum ich überhaupt in dieser Klinik war."

Jonas sah sie überrascht an.

„Das weißt du auch nicht?"

„Nein", antwortete Anabelle, „eines Tags saßen die bei uns im Wohnzimmer und haben mich mitgenommen. Ich hab keine Ahnung davon gehabt."

Jonas schüttelte den Kopf.

„Krass", sagte er, „naja gut, das klären wir mit ab. Auf jeden Fall wurdest du uns als ein schwer zu händelndes Problem angekündigt." Er lächelte. „Aber wie ich dich bisher erlebe, bist du eigentlich ganz pflegeleicht."

„Bin ich auch." Anabelle lächelte zurück. Jonas war ihr sympathisch und neben Christine und Judy seit langer Zeit der Einzige, mit dem sie normal reden konnte.

„Und was war die zweite Frage?"

„In welche Schulgruppe komme ich?"

„Das musst du mit Liz klären. Ich denke mal, sie wird dich erstmal auf Herz und Nieren prüfen. Was du kannst und so. Und dann wird sie dich einteilen."

Anabelle nickte.

Es klopfte.

„Hallo Jonas."

„Hallo Liz, na, da haben wir ja gleich die Richtige. Das ist Anabelle, unser Neuzugang. Sie will wissen, in welche Gruppe sie bei dir kommt."

Liz sah Anabelle an.

„Das lässt sich herausfinden", sagte sie, „wenn du Zeit hast, jetzt sofort."

Anabelle sah Jonas an. Er nickte.

„Wenn was ist, weiß ich ja, aus welchen Fängen ich dich befreien muss", grinste er. Liz knurrte, dann grinste sie. Anabelle folgte ihr in einen etwas abgelegeneren, ebenso großen Raum, in dem es tatsächlich nach Schule aussah.

„Setz dich", sagte Liz, „in welcher Klasse warst du?"

„Keine Ahnung", erwiderte Anabelle, „ich hatte Privatunterricht."

Überrascht sah Liz auf.

„Na, dann finden wir es mal heraus. Welche Sprachen hast du gelernt?"

„Englisch, Französisch, Latein, Italienisch."

„Wow", machte Liz, „also Latein und Italienisch kann ich dir hier nicht anbieten."

„Bei Latein hab ich damit keine Probleme."

Liz verstand. Sie grinste.

„So, dann wollen wir mal gucken, was du so kannst."

Eine Stunde später lehnte Liz sich zurück.

„Keine Frage. Vormittag." sagte sie. „Du bist echt gut."

Anabelle lächelte. Wenigstens dafür war das Pauken bei der Zurbriggen gut gewesen.

„Vormittags ist die leistungsstärkere Gruppe dran. Die anderen müssen sich erstmal austoben, ehe sie am Nachmittag stillsitzen können. Aber du eindeutig Vormittag. Weißt du schon, wie das mit dem Lernbuch funktioniert?"

„Judy hat's mir kurz erklärt."

Liz wiederholte die wichtigsten Dinge. Anabelle nickte. Das war ganz nach ihrem Geschmack. Lernen je nach Stimmung und Vorliebe, aber dennoch die Pflicht, alles machen zu müssen.

Auf dem Gang wurde es lauter.

„Die Nachmittagsgruppe rückt an", sagte Liz, „dann hören wir beide mal auf für heute. Morgen um halb 10 geht's dann los für dich. Halt dich erstmal an Judy. Das ist ganz gut."

Die Tür öffnete sich. Eine Gruppe von 6 Jungen kam herein.

„Da sind wir!"

„Ihr seid nicht zu überhören. Setzen und arbeiten." Anabelle verzog sich. Sie kehrte zu Jonas zurück.

„Na, alles klar?"

„Ja, vormittags."

„Hm, eine kleine Streberin", zog er sie grinsend auf. „Ich wär' vermutlich nachmittags dran. Ich konnt' mir Schule nie viel anfangen. Jedenfalls so wie sie meist war. Aber noch was anderes. Hast du ne Vorliebe, in welche Gruppe du nachmittags willst? Feld, Stall oder Küche. Küche ist auch immer abends."

„Entweder Stall oder Küche." sagte Anabelle.

„Wo lieber?"

Sie zuckte mit den Schultern.

„Gut, guck dir den Stall nachher mal an, Judy ist glaub ich auch da. Und helfe heute Abend ein bisschen in der Küche bei unserem Küchendragoner Elvira."

„Da hab ich gehört", tönte es aus der Küche.

Jonas grinste. Auch Anabelle musste schmunzeln.

„Sag uns danach, wohin du willst. Beide können Hilfe gebrauchen."

Anabelle nickte. Sie wollte aufstehen.

„Warte mal."

Jonas hielt sie zurück. Sie setzte sich wieder.

„Du hast mir vorhin doch gesagt, du wüsstest nicht, warum du hierher und in die Klinik gekommen bist. Wäre es in Ordnung, wenn wir deine Eltern mal hierher einladen und uns mit ihnen zu viert oder fünft ein wenig unterhalten? Natürlich in deinem Beisein. Dann bekommst du vielleicht Antworten auf deine Fragen."

Anabelle nickte. Sie hatte soundso einige Fragen an ihre Eltern!

Sie hatte sich für die Küchengruppe entschieden. Elvira hatte sich als resolute, aber herzensgute und gut genährte Köchin herausgestellt und war über einen motivierten Zugang erfreut. Noch erfreuter zeigte sie sich darüber, dass endlich einmal einer von ihren Schützlingen etwas vom Kochen verstand und sie nicht erst den Unterschied zwischen Kochen und Braten erklären musste.
Anabelle hatte sich schnell eingelebt. Vormittags ging sie mit den drei Mädchen und zwei halbwegs motivierten Jungen zum Unterricht. Nachmittags und abends half sie in der Küche. Bisher hatte sie nur Arbeiten im Haus verrichten dürfen. Elvira hatte ihr aber in Aussicht gestellt, sofern das Gespräch mit den Eltern gut verlief, sie einmal auf die eine oder andere Einkaufstour mitzunehmen. Das war ein Privileg, wie ihr Christine verriet. Inzwischen hatte sie auch Mike und Flora kennengelernt. Flora war eher unscheinbar, Mike hingegen sehr präsent. Irgendwie hatte sie ein wenig Angst vor ihm. Sie hielt sich von ihm fern. Christine und Jonas hingegen waren supernett.

Anabelle sprach gerne mit ihnen. Beide hatte sie auch als Begleiter bei dem Gespräch mit ihren Eltern ausgesucht.
„Na, aufgeregt?"
Jonas legte ihr die Hand auf die Schulter.
Anabelle schüttelte den Kopf.
„Nein", sagte sie, „ich will bloß endlich Antworten haben."
Jonas nickte.
„Kann ich verstehen. Kriegen wir schon raus." Er zwinkerte ihr zu.
Christine betrat den Raum.
„Ich hab Liz dazu gebeten", sagte sie, „nur, damit sie eine kleine Einschätzung gibt. Nicht für die ganze Zeit." Sie stellten die Tische zu einer Gruppe um und ordneten sechs Stühle darum an.
„Sind deine Eltern normalerweise pünktlich?"
Anabelle nickte.
„Ja, sehr."
„Gut", nickte Christine, „dann hol ich schon mal die Unterlagen." Sie verschwand wieder.
„Gibt es was, was du besonders wissen willst?", fragte Jonas.
„Warum sie mich in die Klinik geschickt haben, ohne mir was zu sagen." erwiderte Anabelle.
Jonas nickte. Coco begann auf dem Hof zu bellen.

„Schwarzes Auto, ziemlich elegant", meinte Jonas, als er aus dem Fenster sah.

Anabelle nickte. Jonas zwinkerte ihr aufmunternd zu.

„Na, los, auf ins Chaos."

Sie traten auf den Vorplatz hinaus.

Herr von Allental reichte Jonas die Hand, ehe er seine Tochter umarmte. Frau von Allental musterte die drei Jungen argwöhnisch, die sich interessiert dem Wagen näherten.

„Gucken ja und dann wieder ab an die Arbeit", rief Jonas ihnen zu. Einer von ihnen, Paul, hob den Kopf.

„Ja, ja", sagte er.

„Bei dir selbst", gab Jonas zurück, „wenn du das schaffst, kriegst du meinen Nachtisch."

Paul grinste und verzog sich mit den anderen Jungs wieder ins Haus.

Endlich reichte auch Frau von Allental Jonas die Hand.

„Anabelle."

Anabelle ließ die Umarmung ihrer Mutter über sich ergehen. Jonas bat sie ins Haus. Christine begrüßte Anabelles Eltern freundlich im großen Raum und stellte Liz vor. Man setzte sich.

Christine berichtete über die ersten Tage in der Einrichtung. Man habe sich erstaunt gezeigt, dass

Anabelle ein zuvorkommendes und absolut integrierbares Mädchen sei, ganz anders, als man es von der Klinik übermittelt bekommen habe. Auch Liz berichtete von den guten Leistungen im Unterricht. Frau von Allental warf ihrer Tochter einen überraschten Blick zu.

„Aus welchem Grund ist Anabelle denn in die Klinik eingewiesen worden?", fragte Jonas schließlich wie beiläufig.

Anabelle horchte auf.

Frau von Allental wurde unruhig.

„Wissen Sie", begann sie, „Anabelle kann manchmal ein wenig schwierig sein. Sie hat ein Problem damit, sich mit Regeln, die ihr nicht gefallen abzufinden und sie zu akzeptieren."

„Hier nicht", schüttelte Jonas den Kopf.

„Naja und außerdem gibt es da noch ein psychisches Problem."

„Welches?"

Anabelles Eltern sahen sich an.

„Müssen wir das sagen?"

Jonas und Christine wechselten einen Blick.

„Es würde uns helfen zu verstehen, wie wir mit Anabelle umgehen." erwiderte Christine.

„Sind Sie psychologisch geschult?", wollte Frau von Allental wissen.

Christine nickte.

„Ich bin Psychologin."

„Oh."

Jonas sah zu Anabelle hinüber.

„Also", begann ihr Vater, „unsere Tochter leidet an einer dysfunktionalen Entwicklung im Bereich der libidinös-affektiven Funktionen."

Christines Blick wurde ernst.

Jonas bemerkte es überrascht.

„Anabelle?", fragte Christine.

Frau von Allental nickte.

„Ja, leider. Unser Therapeut hat uns dies auch nochmal schriftlich bestätigt." Sie nahm ein Papier aus der Tasche und reichte es zu Christine hinüber. Die Psychologin studierte es. Dann sah sie Anabelle an.

„Ich muss ehrlich sagen, dass mich diese Diagnose erstaunt", sagte sie, „ich habe nichts derartiges feststellen können, seit sie hier ist. Auch nicht irgendeine Spur von latenter Aggressivität."

Sie wandte sich an Anabelle.

„Wie siehst du die Diagnose?"

„Ich hab sie nie verstanden."

Überrascht hob Christine den Kopf.

„Wie?"

„Mit diesen Begriffen konnte ich nichts anfangen", sagte Anabelle ehrlich, „und Professor Neureich hat sie mir nie erklärt. Meine Eltern auch nicht."

Christines Blick wurde fassungslos.

Auf dem Hof wurde es laut. Jonas warf einen Blick aus dem Fenster.

„Ich bin gleich wieder da", sagte er und verließ den Raum.

Christine wandte sich wieder Anabelle zu.

„Die Diagnose besagt, dass du von Zeit zu Zeit aggressiv reagierst, schreist, wenn dir etwas nicht passt und dich verweigerst. Aber vor allem wird dir eine zwanghaft übersteigerte Sexuallust attestiert."

Anabelle starrte sie an.

„Was?!"

Christine nickte nur. Anabelle blickte zu ihren Eltern hinüber.

„Wie kommt ihr denn darauf?"

„Anabelle, Schätzchen", Anabelle zog ihre Hand von der ihrer Mutter zurück, „wir wollen doch nur dein Bestes."

„Und deshalb erzählt ihr über mich, was nicht stimmt?!"

„Anabelle!" Ihre Mutter sah sie streng an. „Hör bitte auf zu lügen. Du weißt, dass es stimmt."

„Tut es nicht."

„Woran machen Sie das fest?", mischte sich nun auch Christine wieder ins Gespräch ein.

Herr von Allental wandte sich ihr zu.

„Meine Frau hat Anabelle bereits früher in Situationen überrascht, die, nun sagen wir mal, nicht dem Alter angemessen waren."

„Könnten Sie bitte genauer werden."

Frau von Allental sah sie an.

„Ich habe meine Tochter wiederholt mit einem Jungen aus der Nachbarschaft erwischt."

„Wobei?"

„Ich hab ihn einmal geküsst, Mum."

„Wie alt warst du?"

„13 oder 14."

„Das ist durchaus normal."

„Du hast ihn nicht nur geküsst, Anabelle", protestierte ihre Mutter, „das war noch ganz anderes."

„Was denn?"

„Sie…" Frau von Allental atmete tief. „Meine Tochter… also… sie lagen auf dem Boden und haben…"

„Wir hatten nie Sex." rief Anabelle dazwischen.

Ihre Mutter lief rot an.

„Stop mal", unterbrach Christine, „Anabelle, erzähl du mal, wie du die Situation in Erinnerung hast."

„Ich hab mich mit Pascal getroffen, das ist richtig. Aber wir kannten uns schon aus dem Sandkasten. Und einmal hat er mich gefragt, ob ich wisse, wie küssen geht. Er habe eine Freundin und die wolle ihn küssen. Er wisse aber nicht, wie das geht. Ich hab ihm gezeigt, wie ich's mir denke. Mehr war nicht. Dann ist meine Mutter aufgetaucht und hat ein Mordstheater gemacht."

„Und was ist mit dem Aufeinanderliegen?", fuhr Christine fort, ehe Frau von Allental etwas sagen konnte.

„Ich weiß gar nicht, was sie meint. Mit Pascal jedenfalls war nichts."

„Ich habe dich doch mit ihm gesehen", beharrte Frau von Allental, „du hast auf ihm gelegen, er hatte seine Arme um dich gelegt."

Anabelle runzelte die Stirn.

„Wann soll das gewesen sein?"

„Das weiß ich nicht mehr so genau. Auf jeden Fall nach diesem Geküsse."

„Es war ein Kuss."

Anabelle fiel etwas ein.

„Du meinst doch nicht die Situation in unserem Garten, oder?"

„Doch, genau die." Frau von Allental nickte bestätigend.

Anabelle schüttelte den Kopf.

„Wir sind auf der nassen Wiese ausgerutscht beim Rennen und hingeknallt. Wir hatten so ein Tempo drauf, dass wir runtergekugelt sind. Wir haben uns nur aneinander festgehalten."

„Ihr habt gelacht und dieser Pascal hat so etwas gesagt wie, das könntet ihr jederzeit nochmal machen."

„Rumtoben. Mum, ich war 13."

„Und seitdem steht diese Diagnose?"

Anabelle überlegte.

„Da fingen die ganzen Gespräche an. Ja." nickte sie.

Jonas kehrte wieder in den Raum zurück.

„Entschuldigung."

Er setzte sich wieder.

„Wie gesagt", fuhr Christine fort, „ich kann derartiges nicht bestätigen."

„Vielleicht haben Sie es nur nicht so genau gesehen." bemerkte Anabelles Mutter. Christine sah sie an.

„Möchten Sie mir etwas sagen?"

„Ich denke nur laut."

„Dann denke ich", sagte Christine sachlich, „dass wir das Gespräch beenden können. Das wichtigste wissen wir. Oder gibt es von irgendeiner Seite noch Fragen?"

Jonas sah Anabelle an. Scheinbar war ihre Frage in der Zwischenzeit beantwortet worden.

„Gut", nickte Christine, „kann ich das Gutachten behalten?"

„Das ist unser Exemplar. Ich habe es nur als Vorlage mitgebracht." bemerkte Frau von Allental.

Christine nickte.

„Gut, dann werde ich mich an den Kollegen direkt wenden." Sie begleitete die von Allentals auf den Hof. Ihre Eltern verabschiedeten sich übertrieben herzlich von ihr. Anabelle wich einen Schritt zurück und schnaufte.

Jonas zog den Hund aus der Ausfahrt. Anabelle verschwand im Haus, als ihre Eltern außer Sicht waren. Jonas schloss das Hoftor und kehrte zum Haus zurück.

„Und?", fragte er an Christine gewandt. „Ich hab ja nur die Hälfte mitbekommen."

„Sei froh."

Er runzelte die Stirn.

„Warum war sie in der Klinik? Ich bin daraus nicht ganz schlau geworden."

„Ihre Eltern und der Therapeut meinen, sie sei sexsüchtig."

„Anabelle?", fragte Jonas fassungslos. Christine nickte.

„Sexkrank mit 13, das habe ich in meiner Laufbahn auch noch nicht gehört."

„Da wäre ich ein Fall für die Klapse gewesen", bemerkte Jonas nicht ganz ernst, „ich hab mit 12 schon rumgeknutscht."

„Und die glauben, was sie sagen." Christine schüttelte fassungslos den Kopf. „Ich werde mich am besten gleich mit dem Kollegen in Verbindung setzen. Kannst du dich noch an den Namen erinnern?"

„Neureich", sagte Jonas grinsend, „der Name passte zu den Eltern wie die Faust aufs Auge."

Christine lächelte leicht.

„Was war eigentlich vorhin los auf dem Hof?"

Er winkte ab.

„Coco – also unser Hund – saß auf der Motorhaube des Autos."

„War er ja mal richtig sportlich." grinste Christine. „So hoch springt er doch nur, wenn darauf was zu fressen liegt."

Nach dem Abendessen hatte sich Anabelle in den Garten zurückgezogen. Sie wollte allein sein. Was sie am Nachmittag gehört und erfahren hatte, hatte sie umgehauen. All die ganzen Jahre hatten ihre Eltern sie für sexkrank gehalten! Nicht einmal war mit ihr darüber geredet worden. Zumindest nicht von ihren Eltern. Jetzt verstand sie

allerdings, warum Professor Neureich des Öfteren nach Kontakten außerhalb ihres Elternhauses gefragt hatte und wie es um ihr Interesse an Jungs und ähnlichem bestellt sei. Und sie Idiot hatte ihm ehrlich Auskunft gegeben. Wer konnte denn auch ahnen, dass normales Teenie-Interesse als Notgeilheit und Perversität ausgelegt wurde?
Und ihr Aufbegehren gegen die übertriebene Überwachung als Aggressionsstörung.
Sie schnaufte.
„Hier bist du."
Jonas sah sie an.
„Hab dich schon gesucht. Alles okay?"
Er hockte sich neben sie.
Sie winkte ab.
„Das Gespräch heute Nachmittag, hm?" Er ließ sich neben sie ins Gras fallen. Anabelle sah ihn an.
„Glaubst du das auch?"
„Was?", fragte Jonas. „Dass du übertriebenes Interesse an Jungs und Sex hast?"
Anabelle nickte.
„Nein."
Diese einfache Antwort beruhigte Anabelle.
„Wirklich nicht?"
„Wirklich nicht", sagte er ernst. „Ich hab nichts dergleichen feststellen können und Christine auch nicht. Sie war richtig geschockt, das habe ich ihr

angesehen. Sie hat übrigens mit diesem Doktor telefoniert."

„Professor."

„Wie auch immer. Wie alt ist der? 100?"

Anabelle musste grinsen.

„Ca. 60, warum?"

„So klang das auch. Ich hab nur ein bisschen was mitgekriegt, aber der hat Ansichten über Sex, da ist der Papst offener."

„Wie meine Eltern."

Jonas sah sie an.

„Du kommst nicht gut mit ihnen klar, hm?"

„Mein Vater ist ganz okay", sagte Anabelle und sah in den Garten, „aber meine Mutter ist... Sie will alles kontrollieren, vor allem die letzten Jahre. Sie ist immer sonst wie um das Ansehen der Familie besorgt. Nur nichts falsch machen. Die Nachbarn und Freunde könnten reden. Aber sie war eigentlich schon immer so. Als ich klein war, durfte ich noch nicht mal alleine in unseren Garten, weil meine Kleider schmutzig hätten werden können."

Sie warf einen Stein ins Gras vor sich.

Jonas schwieg.

Anabelle hob den Kopf.

„Ich fühl mich hier wohler, als bei meiner Familie." sagte sie. Jonas sah sie an.

Er lächelte leicht.

„Wenigstens was."

Anabelle neigte den Kopf zur Seite. Fragend sah sie ihn an.

Jonas schüttelte den Kopf.

„Egal", sagte er, „wenn du reden willst, du weißt, wo du uns findest, hm."

„Wer hat heute Nachtdienst?"

„Flora."

Anabelle nickte.

Jonas erhob sich. Er gab ihr einen kleinen Schubs gegen die Schulter.

„Idioten gibt es überall." sagte er und ging. Sie lächelte. Ja, das stimmte, und vor allem in ihrer Familie!

„Hey." Judy lehnte an der Tür ihres Zimmers und sah Anabelle an. „alles okay bei dir? Du bist seit Tagen so ruhig."

Sie kam herein. Anabelle setzte sich auf.

„Ja, alles okay", sagte sie, „ich hatte nur ein Gespräch mit meinen Eltern."

„Hab ich mitgekriegt. Die mit dem schicken Auto. Paul redet von nichts anderem als von dieser Karre."

Anabelle nickte.

„Warum bist du eigentlich hier?", fragte sie.

Judy sah sie an.

„Ich hab Drogen genommen und gesoffen", erklärte sie, „und bin dann aggressiv geworden. Hab andere Mädchen verprügelt und so. Einmal hat mich die Polizei aufgegriffen. Weil ich mir vorher schon was geleistet hatte, haben die mich vor die Wahl gestellt, entweder hierher oder Jugendarrest. Und auf Knast hab ich keine Lust."

„Wie lange bist du schon hier?"

„Fünf Wochen."

„Wie lange bleibt man?"

„So lange, wie Christine denkt, dass es gut ist. Mancher kann nach einem Monat wieder die Fliege machen, andere bleiben Jahre. So wie Paul."

Anabelle dachte nach.

„Willst du wieder weg?", hakte Judy nach.

Anabelle schüttelte den Kopf.

„Nee, das ist es nicht."

„Was dann?"

Anabelle schüttelte den Kopf.

„Lass mal. Geht ihr heute wieder die kleinen Ferkel ärgern?"

Judy verzog den Mund.

„Hat das schon die Runde gemacht?"

„Immer, wenn ihr androht, dass die Küche damit was zu tun kriegt."

„Das war ein Scherz. Wir würden nie die kleinen süßen Viecher grillen."
„Weiß ich ja."
Die Mädchen grinsten sich an.
„Ich mach mich dann mal wieder auf den Weg. Sonst krieg ich heute von Mike noch eins mit der Mistgabel hinten rein wenn ich wieder zu spät komme."
„Der ist mir unheimlich." meinte Anabelle.
Judy nickte.
„Er ist gewöhnungsbedürftig", sagte sie, „ich find die anderen auch erträglicher. Vor allem Lizzy und Jonas."
Anabelle lächelte.
„Ja, stimmt."

„Na, dann mal viel Spaß."
Flora winkte kurz, ehe sie zurück ins Haus ging. Anabelle ließ sich in den Sitz zurückfallen. Was war das mal wieder eine Abwechslung, sich außerhalb des Geländes aufhalten zu können. Elvira hatte sie mit zum Großeinkauf genommen. Das bedeutete für Anabelle vor allem Kisten und Säcke schleppen, aber das war okay.
Die Köchin summte vor sich hin.

„Froh, mal raus zu sein?", erkundigte sie sich. Anabelle lächelte.

„Ja, schon", sagte sie, „obwohl's nicht das Schlechteste ist."

„Eine der wenigen, die so was sagt", bemerkte Elvira. „Die meisten sind froh, wenn sie wieder verschwinden können."

„Ich find's besser als die Klinik oder bei mir. Hier kann ich mich wenigstens frei bewegen und muss nicht für alles eine schriftliche Erlaubnisanfrage einreichen."

Elvira grinste.

„Und so nette Leute hast du auch nicht, hm?"

Anabelle sah sie fragend an.

„Naja, Judy und Liz und Jonas…"

„Ja", nickte Anabelle, „ich komm eigentlich mit allen gut aus."

„Ja, ja", machte Elvira. Anabelle wunderte sich über den belustigten Ton. Elvira bremste scharf.

„Schon mal was von rechts vor links gehört", brüllte sie zum andern Auto hinüber. Anabelle grinste. Elvira war ihr echt sympathisch.

„Komm, nun mach schon."

Der Wagen ächzte mehr den Berg hinauf, als dass er fuhr. Der vollbeladene Kofferraum verlangte Tribut.

„Soll ich schieben helfen?", grinste Anabelle.
Elvira warf ihr einen Blick zu.
„Nichts gegen mein Autochen", sagte sie schmunzelnd. „Wir sind beide nicht mehr die Jüngsten."
„Ich kann ja schon mal vorlaufen und Bescheid sagen, dass ihr kommt, wenn ihr den Berg geschafft habt."
Elvira knuffte sie in die Seite.
„Du wirst mir zu frech", sagte sie gut gelaunt, „ich glaube, ich sollte dich mal in die andere Gruppe schicken."
„Dann musst du mit Nils wieder alleine kochen."
Elvira verzog den Mund.
„Na gut, kannst bleiben." Der Wagen hatte die Anhöhe geschafft.
Coco begrüßte sie mit einem aufgeregten Bellen.
Elvira parkte den Wagen nahe der Eingangstür.
„Da seid ihr ja."
Christine stürmte aus dem Haus.
„Was ist denn los?"
Elvira sah sie überrascht an.
„Wir haben das ganze Haus auf den Kopf gestellt, weil Anabelle nicht da war."
„Flora wusste doch Bescheid."
„Flora ist krank. Sie ist nach Hause." Christine schnaufte. Sie zog ihr Handy aus der Tasche.

„Jonas, Entwarnung. Sie ist wieder da. Nein, sie war mit Elvira beim Einkaufen."
Sie legte auf.
„Macht nächstes Mal einen Abwesenheitszettel ans Brett", schlug sie vor, „wir haben hier alle in Angst und Panik versetzt."
Elvira nickte und öffnete den Kofferraum.
Jonas kam um die Hausecke gejagt.
„Himmel, Gott sei Dank."
Er grinste Anabelle und Elvira an.
„So ne Entführung machst du nicht nochmal."
„Sprecht euch einfach mal besser ab, wenn ihr schon außerplanmäßig Schichtwechsel macht", gab Elvira zurück, „die Flora wusste Bescheid, kann ja nichts dafür, wenn die euch nichts ausrichtet."
Sie drückte Jonas zwei große Säcke Kartoffeln in die Arme.
„Und wo du schon mal da bist: Kofferraum ausladen und ab in die Küche damit."
Elvira zog Anabelle mit sich. Jonas sah ihnen verdutzt nach. Dann grinste er.
„Könnte mir wenigstens jemand die Tür aufmachen?"

„Pst."

Judy winkte Anabelle zu sich.

„Hast du Lust?"

„Wozu?"

Judy sah sich nach möglichen Zuhörern um.

„Wir treffen uns nachher mit zweien aus dem Dorf hinten an der Scheune. Voll süß, die beiden Jungs."

„Wer wir?"

„Coco und ich. Willst du mitkommen?"

„Was macht ihr da?"

Judy grinste.

„Du bist fast 18 und willst mir sagen, du wüsstest nicht, was man da so macht?"

„Natürlich weiß ich es." gab Anabelle zurück. Sie zögerte. Natürlich wäre es mal wieder eine Abwechslung gewesen, andererseits…

„Heute nicht", sagte sie. Judy zuckte mit den Schultern.

„Na schön, aber du verpasst was. Aber verrat uns wenigstens nicht. Okay?"

Anabelle nickte. Judy machte sich von dannen.

Anabelle stieg hinauf in den ersten Stock. Mike kam gerade aus dem Betreuerzimmer.

„Na, alles klar?"

Sie konnte sich einfach nicht an seine laute Stimme gewöhnen. Sie nickte.

„Ja, alles okay." Sie verzog sich in ihr Zimmer. Mike folgte ihr.

„Hängst ganz schön oft alleine rum", stellte er fest.

„Hab keine Lust auf Fußballgucken oder Menschärgeredichnicht."

„Kannst ja auch andere Sachen machen."

„Keine Lust."

Warum ging er nicht einfach?

„Wirklich alles ok?"

„Ja", sagte sie genervt, „kannst du jetzt bitte n Abflug machen?"

Mike brummte. Anabelle schloss nachdrücklich die Tür hinter ihm. Sie konnte ihn einfach nicht ab. Hoffentlich war morgen Jonas wieder da. Oder wenigstens Christine.

Sie setzte sich auf ihr Bett und nahm den Block zur Hand. Sie hatte wieder angefangen zu zeichnen. Im Moment versuchte sie sich aus dem Gedächtnis heraus an einem Springbrunnen, den sie auf dem Ausflug mit Elvira gesehen hatte.

„Nee, nee, nee, bleib mal hier."

Mikes Stimme war nicht zu überhören. Irgendwen hatte er mal wieder beim Wickel.

„Nein, entweder Aufenthaltsraum oder Zimmer. Weißt du doch."

Anabelle horchte. Schien Coco zu sein.

„Vergiss es. Halt dich an die Regeln."
Eine Tür flog zu.
„Türen haben Klinken!", tönte es über den Flur.
Anabelle seufzte. Coco würde ihr Treffen wohl heute nicht einhalten können.

„Hm, herrscht hier eine gute Stimmung."
In der vergangenen Nacht hatte es einen lautstarken Krach zwischen Coco, Mike und Judy gegeben. Die anderen, die sich in die Auseinandersetzung eingemischt oder lediglich um Ruhe gebeten hatten, waren ebenfalls schlecht gelaunt. Jonas sah sich unter den Anwesenden um. Dann blickte er zu Liz, die neben ihm in der Tür stand.
„Ich wünsch dir viel Spaß heute", sagte er ironisch.
„Dir noch mehr", sagte sie, „ich hab die pflegeleichte Truppe am Vormittag."
„Oh, danke für den Hinweis." Jonas knurrte. Er scheuchte die Gruppe an die Arbeiten. Liz nahm Platz und ließ sich von Elvira noch einen Kaffee geben. Sie winkte die Vormittagsgruppe zu sich.
„Was war denn gestern Abend?"

„Ach", Judy winkte ab, „eigentlich war nichts. Ich bin fünf Minuten zu spät auf der Etage gewesen. Mike hat sich tierisch aufgeregt, weil ich vorher auch nicht im Aufenthaltsraum war. Dann hat Coco noch was gesagt und wir haben uns richtig gefetzt."

„Ich hab ihn lediglich gefragt, warum wir nicht mal in den Garten dürfen abends. Bei Christine, Flora und Jonas dürfen wir das. Zumindest bis es dunkel wird. Aber Mike macht immer einen auf ganz oder gar nicht. Ich kann ihn einfach nicht ab."

„Ich auch nicht", mischte sich Judy wieder ein.

„Ich hab irgendwann gesagt, dass ich gerne Ruhe hätte. Da blafft Mike mich an, ich solle in mein Zimmer verschwinden und sie Schnauze halten. Wortwörtlich." berichtete Hannes.

Liz schnaufte.

„Ihr habt ihn wahrscheinlich auf dem falschen Fuß erwischt", sagte sie diplomatisch.

„Den erwischt man jedesmal auf dem falschen Fuß", brummte Coco. „Der hat nur die eine Stimmung."

„Ich rede noch mal mit ihm", versprach Liz, „aber jetzt machen wir uns erstmal ans Lernen."

„Denkt dran: Stuhl." grinste Annabel.

Die Jugendlichen schmunzelten. Liz sah sie an.

„Was meinst du?"
„Spruch von Elvira." grinste Judy. „Herr, gib mir die Gelassenheit eines Stuhles. Der muss auch mit jedem Arsch klarkommen."
Liz lachte laut auf.
„Der ist gut, den merk ich mir."
„Von mir aus", kam es von der Küche her, „aber erstmal wischt du die Kaffeefontäne wieder auf."
Nur um Haaresbreite verfehlte ein feuchter Lappen das Gesicht der jungen Lehrerin.

Die Stimmung hatte sich auch am Nachmittag noch nicht gebessert, was auch vor allem daran lag, dass Mike die Schicht von Flora übernommen hatte. Die meisten gingen ihm aus dem Weg. Elvira warf Nils und Anabelle einen Blick zu, als diese die abgewaschenen Teller und Gläser zurück in den Geschirrschrank räumten, während Mike im gleichen Zimmer saß und vor sich hin knurrte.
„Geht das auch leiser?", maulte er Nils an.
„Mike, geh woanders deine schlechte Laune rauslassen", bemerkte Elvira von der Küchentür her, „lass die beiden in Ruhe, die haben dir nichts getan."

Anabelle beeilte sich dennoch wieder in die Küche zu kommen.

„Ist noch was zu tun?"

„Nein", Elvira schüttelte den Kopf. „Gemüse schneiden machen wir erst nachher, sonst ist das bis heute Abend trocken. Seit um fünf wieder da. Das reicht. Nutzt den Nachmittag. Ist heute Sport?"

„War schon", knurrte Nils, „am Vormittag."

„War wohl nicht gut."

„Ausdauertraining."

Elvira schmunzelte. Sie konnte den kleinen Dicken verstehen, das war auch nicht ihr Favorit.

„Na, dann erholt euch mal."

Sie schloss den Küchenschrank ab und legte das Handtuch zum Trocknen auf die Heizung. Gemeinsam mit Anabelle und Nils verließ sie die Küche.

„Hängst ja immer noch hier rum", wunderte sie sich. Mike hob den Kopf.

„Ist das verboten?"

„Nein", antwortete Elvira ruhig, „weiß ich wenigstens, vor welchem raum ich die Kids warnen sollte."

Sie ging. Anabelle und Nils folgten ihr eilig.

Nils stapfte in sein Zimmer hinauf. Anabelle ging hinüber zu den Ställen.

„Hör auf, dem Kleinen am Schwanz zu ziehen."

„Der quietscht immer so süß dann."

„Ich zieh dir gleich mal am Schwanz. Mal sehen, ob du auch so quietschst."

Anabelle musste lachen. Paul und Judy sahen auf. Sie grinste ebenfalls.

Anabelle beugte sich über die Absperrung der Schweine.

„Waren das nicht mal mehr?", fragte sie.

Judy nickte.

„Ja, aber irgendwer hat über Nacht das Gatter aufgelassen. Wir suchen die anderen noch." Sie sah zu Paul hinüber.

„Hey, ich dachte, du kümmerst dich drum."

„Nicht quatschen, suchen!" bemerkte Liz. „Du musst in einer halben Stunde zum Unterricht. Bis dahin sind die Viecher alle wieder da. Oder du hast heute Abend extra Stunden."

Paul sah sie geschockt an. Schnell machte er sich auf die Suche.

„Hinter dem Strohballen bei dir sitzt eins." sagte Anabelle. Sie deutete an Judy vorbei. Das Mädchen wandte sich um und schnappte sich das quietschende Schweinchen. Seine Geschwister begrüßten es mit einem Grunzen.

„So, nun fehlen noch zwei."

„Ich hab eins!" rief Paul aus dem Nebenraum. Er brachte ein weiteres Ferkel.

„Wir haben auch noch eins gefunden. Fehlt also noch eins."

Zu viert machten sie sich auf die Suche. Das letzte Ferkel war wie vom Erdboden verschwunden. Nach einer halben Stunde war es immer noch nicht aufgetaucht.

„Wir suchen weiter", versicherte Judy, „geht ihr mal zum Lernen."

Liz begleitete den unwilligen Paul ins Haus.

„Hilfst du mir noch weiter?", fragte Judy. Anabelle nickte. Sie durchkämmten noch einmal den Stall und die anliegenden Speicher. Keine Spur von dem Ferkel.

„Jonas", rief Judy nach einer Weile, „hast du das Ferkel gesehen?"

Er kam zu ihnen hinüber.

„Mike oder wen?"

Judy und Anabelle grinsten.

„Nein", kicherte Judy, „uns sind die Ferkel über Nacht abgehauen, weil Paul das Gatter nicht zugemacht hat. Alle haben wir gefunden. Bis auf eines."

„Wir haben die ganze Scheune und die Ställe dreimal abgesucht, auch mit Paul und Liz."

„Nein", Jonas schüttelte den Kopf, „ich hab kein's gesehen. Aber ich halt die Augen offen."
Er nickte den beiden Mädchen zu.
„Also gut", seufzte Judy, „machen wir uns an die nächste Runde Ferkelsuchen."
Anabelle nickte. Dieses Schwein musste doch zu finden sein.

Gegen halb vier gönnten sich die beiden Mädchen eine kleine Pause. Sie hatten es sich unter einem der Bäume im Garten gemütlich gemacht.
„Das war vorhin echt fies", grinste Judy. „Mike das Ferkel."
Anabelle gluckste.
„Stimmt, Jonas hat echt manchmal Sprüche drauf…"
„Ich find ihn voll okay. Mit Jonas kann man wenigstens reden. Nicht so wie mit Mike. Den kann hier kaum einer ab. Ich hab Christine mal gefragt, warum er eigentlich hier ist oder bleiben muss. Sie meinte, sie hätten keinen Ersatz für ihn."
„Da wäre jeder besser."
Judy nickte.
„Und weil immer mindestens ein männliches und ein weibliches Wesen auf dem Hof sein müsse."
„Nachts auch?"

Judy nickte.

„Ja, aber wenn Liz da ist, also zusätzlich, schläft sie im Anbau. Dahinten. Sie meint, sie habe keinen Bock mit Mike ein Zimmer zu teilen. Naja, kein Wunder."

„Stimmt, so wie der drauf ist."

„Nicht nur das."

Anabelle saß Judy fragend an.

„Die waren mal zusammen."

„Liz und Mike?"

Judy nickte.

„Ja, ich hab's nicht erlebt. Aber Paul und Dario haben das gesagt. Und Mike hat auch mal so was verlauten lassen, von wegen, früher sei sie nicht so zickig gewesen."

„Liz hat echt einen besseren als den verdient."

„Auf jeden Fall. Im Moment scheint sie sich mit Jonas ja gut zu verstehen. Vielleicht ist Mike deshalb so angepisst."

„Meinst du, Jonas und sie haben was miteinander?"

„Keine Ahnung. Aber wenn ich Liz wär, würde ich ihn nicht von der Bettkante schubsen. Ist doch n hübsches Kerlchen, unser Jonas."

Anabelle grinste vielsagend.

„Nee, nee, nee", wehrte Judy lachend ab, „ich steh nicht auf ihn. Ich mag ihn. Ich meinte aus Liz' Sicht. Im Vergleich zu Mike."

„Das in jedem Fall. Wollen wir weiter suchen?"

Judy nickte. Sie erhoben sich.

Sie umrundeten das Bauernhaus und steuerten auf die Scheune zu.

„Euer letztes Ferkel ist da."

„Echt?"

Jonas nickte.

„Ja, fast zu Schweinegulasch verarbeitet worden."

„Wieso? War es bei Elvira in der Küche?"

„Nein", Jonas grinste. „Mike ist drüber gestolpert und hat sich mit seiner miesen Laune auf die Fresse gelegt."

„Oha", machte Anabelle. Jonas nickte.

„Ich hab's mal vorsichtshalber in Sicherheit gebracht."

„Danke. Dann sind ja jetzt alle wieder da. Ich geh noch mal zählen." Judy verschwand im Stall.

Jonas lächelte Anabelle an.

„Gibt's heute irgendwas mit Tomaten?"

Anabelle runzelte die Stirn.

„Nein, wieso?"

Er tippte ihr auf die Wange.

Anabelle strich mit der Hand darüber.

„Kirschen", sie grinste, „wir hatten gerade Pause."

Jonas grinste.

„Bring mir nächstes Mal welche mit", zwinkerte er und verschwand in Richtung Haus. Anabelle sah ihm nach. Vielleicht würde sie das…

Die vier Mädchen saßen in Cocos und Pams Zimmer. Draußen regnete es. Die Jungs sahen unten mit Mike und Jonas Fußball.

„Also weiter", rief Judy, „wen nehme ich als Nächstes? Coco!"

„Schon wieder ich!"

„Wir sind alle ständig dran."

Coco brummte.

„Also: Wahrheit oder Pflicht?"

„Pflicht ist bei dir immer so fies. Ich nehm Wahrheit."

Judy überlegte.

„Mit wem von unseren Jungs hier würdest du gerne mal?"

Coco verzog das Gesicht.

„Von denen hier? Gar keiner."

„Du musst einen sagen."

Coco dachte nach.

„Nee, die sind alle … nee. Naja, also wenn's unbedingt sein müsste, vermutlich Paul. Aber nur weil er einigermaßen aussieht und ich nicht gleich Ekelpocken kriege."

Judy nickte zufrieden.

Coco sah Anabelle an.

„Wahrheit oder Pflicht?"

„Wahrheit."

Coco grinste.

„Mal überlegen", sagte sie, „was wollte ich schon immer mal wissen? Ok, auf was für Typen stehst du? Beschreib mal."

Die beiden anderen Mädchen sahen sie ebenso interessiert an.

„Also sie dürfen nicht allzu dick sein", begann Anabelle, „und sie müssen ein bisschen was im Kopf haben. Keine Genie oder so. Normal. Und nicht trinken."

Pam nickte zustimmend.

„Wie soll er aussehen?", hakte Judy nach.

„Ein bisschen größer als ich."

„Genau, wer will beim Küssen schon runtergucken." grinste Coco.

„Haarfarbe?"

„Ist mir eigentlich egal. Meistens braune Haare, aber auch schon mal blond."

„Was muss er noch haben oder tun?"

Anabelle überlegte.

„Er müsste ein wenig sportlich sein, frech, aber auch lieb und merken, wenn es mir mal nicht gut geht. Ich müsste Spaß haben können mit ihm, aber auch streiten. Und er müsste irgendwie meine Eltern aushalten."
Coco grinste.
„Vielleicht auch ein bisschen älter", fuhr Anabelle fort, „er müsste wissen, was er will und nicht mir alle Entscheidungen überlassen. Und er müsste Kinder mögen."
„Warum grinst du so?"
Judy sah Coco an.
Coco kicherte.
„Ach", sagte sie, „ich hab nur gerade gedacht, dass ich so ein Exemplar kenne, wie du es beschreibst. Schadet auch nicht, wenn er Tiere mag und körperliche Arbeit mehr als Lernen und Fußball spielt, oder?"
Anabelle und die anderen Mädchen runzelten die Stirn.
„Nein, tut es nicht, warum?"
„Wen meinst du?"
„Jonas."
„Jonas?"
Coco nickte.
„Alles, was du gerade aufgezählt hast, trifft auf Jonas zu."

Judy dachte nach.

„Stimmt", nickte sie, „passt wirklich auf ihn. Meintest du Jonas, Anabelle?"

„Quatsch, das war Zufall."

„Na dann."

Coco grinste noch immer.

„Wirklich!"

„Ja!" Coco kicherte. „Aber wäre doch süß."

„Was?"

„Wenn Anabelle sich in Jonas vergucken würde?!"

Pam sah ihre Freundin fragend an.

„Hm", machte diese, „stell dir doch mal vor, wir hätten ein Pärchen hier. Wär doch cool. Und Jonas wünsch ich es. Nicht so wie Mike. Und vom Alter seit ihr auch nicht soo weit auseinander."

„Wie alt ist denn Jonas?", fragte Judy.

„25 hat er mal gesagt."

„Anabelle ist fast 18", überlegte Pam.

„Jetzt hört auf, ich hab nichts mit ihm und werde auch nichts haben."

Die Mädchen sahen Anabelle an.

„Sorry", sagte Judy, „wollten wir auch nicht unterstellen. Ist nur n süßer Gedanke. Ihr würdet zusammenpassen."

„Kann ihn ja mal aushorchen, auf wen er steht." schlug Coco vor.

Judy grinste.

„Pass auf, dass er nicht denkt, du willst was von ihm, wenn du fragst."
Coco warf Judy einen Blick zu.
„Hätte ich auch nichts dagegen." ließ sie sie wissen.
Judy zog die Augenbrauen hoch.
„Ah ja", sagte sie. „Das ist ja interessant."
Anabelle nutzte die Gelegenheit.
„Coco: Wahrheit oder Pflicht?"
„Oh, das ist gemein", grinste Coco, „das kommt doch jetzt aufs Gleiche raus."
Die Mädchen lachten.

Anabelle war gerade dabei die Tische vom Mittagessen zu befreien, als sich Jonas in den großen Raum rettete. Fragend sah sie zu ihm herüber, als er die Tür nachdrücklich hinter sich ins Schloss drückte.
„Untergangsstimmung", grinste er und deutete mit dem Daumen in Richtung Flur, „Mike hat mal wieder Superlaune und ist mit Liz aneinandergerasselt."
Anabelle lächelte nur. Ein Expärchen und schlechte Laune war eine explosive Mischung, vor allem wenn ein Teil davon Mike hieß.

Sie wischte die Tische ab und fegte die Reste des Essens auf dem Boden zusammen.

„Soll ich dir helfen?"

Sie schüttelte den Kopf.

„Nein, geht schon, komm ich wenigstens nicht so schnell in die Verlegenheit an den beiden vorbei zu müssen."

„Auch wahr", lachte er, „eigentlich müsste ich hoch ins Betreuerzimmer, aber ich glaube, ich warte damit, bis Unterrichtszeit ist, dann ist wenigstens Liz beschäftigt. An Mike komm ich schon vorbei."

„Die waren mal zusammen, oder?"

„Liz und Mike? Ja. Hab aber nur noch die Ausläufer miterlebt, also die Trennungszeit. Das gab manchmal richtig heftige Fetzereien. Wenn selbst Jungs wie Paul den Schwanz einziehen und sich verkrümeln, will das was heißen."

Anabelle musste grinsen. Nettes Bild. Schwanz einziehen…

„Sag mal", Jonas ließ sich auf einer Ecke des eben gewischten Tisches nieder, „hast du in den letzten Tagen mal mit Coco geredet?"

„Unser Hund spricht leider nicht", gab sie zurück.

„Witzbold", schmunzelte er, „ich meinte die Zweibeinige."

„Ja, vorgestern, also ihr Fußball geguckt habt. Warum?"

„Über was?"

„Alles Mögliche, die anderen beiden waren auch bei." Sie richtete sich auf. „Warum fragst du?"

„Weil sie mich gestern den ganzen Tag mit Fragen gelöchert hat, auf was für einen Typ Frau ich stehe und so weiter. Sag mal, du weißt nicht zufällig, ob ich mich da auf was gefasst machen muss?"

Anabelle grinste.

„Ich weiß nur, dass sie dich nett findet", sagte sie diplomatisch, „aber das ist bei einer Konkurrenz wie Mike auch nicht schwer."

„Danke." Er verzog den Mund. „Du bist echt mal wieder charmant."

„Es ist nur die Wahrheit."

„Das kann man aber auch netter sagen."

„So?" Anabelle sah ihn an. Sie grinste gutgelaunt. „Wie denn?"

Er überlegte kurz.

„Du bist ein echt netter Mann, intelligent, gutaussehend, charmant..."

„Ich lüge nicht."

Jonas blieb der Mund offen stehen.

„Oh", machte er, „das war fies." Er griff nach dem nassen Tischlappen und warf ihn nach Anabelle. Sie duckte sich. „Du wirst langsam immer frecher.

Ich glaube, wir müssen uns mal was für dich ausdenken."

Er hob den Lappen auf und ließ ihn in den Eimer mit dem Wasser fallen.

Elvira betrat den Speiseraum.

„Was schwirrst du denn schon wieder hier rum?"

Jonas hob die Hände.

„Ich flüchte vor unserem Streitpärchen", sagte er.

„Dann flüchte woanders hin, hier wische ich gleich. Und ich kann keine Dreckspuren gebrauchen. Ab, raus."

„Warum ist eigentlich jeder heute so nett zu mir?", fragte Jonas ironisch zurück.

„Weil wir dich kennen", gab Elvira zurück, „und nun schwing die Haxen. Ich will auch noch mal fertig werden."

Sie schob ihn aus der Tür und schloss sie hinter ihm ab.

„Mann, mann, mann", grinste sie in Richtung Anabelle, „Männer können ganz schön anstrengend sein." Sie schmunzelte. „Aber der leider auch ziemlich charmant."

Anabelle grinste ebenfalls. Ja, das hatte sie auch schon festgestellt.

„Wegen dir", Anabelle piekste Coco mit dem Finger gegen die Brust, „bin ich heute mit einem Putzlumpen beworfen worden."

„Wegen mir?" Coco sah sie entgeistert an. „Was habe ich denn gemacht?"

„Deine Drohung wahr", grinste Anabelle. „Jonas fühlt sich verfolgt von dir."

Coco grinste ebenfalls.

„Hast du mit ihm geredet?"

„Er hat mich gefragt, ob ich wüsste, ob er mit mehr Zudringlichkeiten von dir zu rechnen hätte."

Coco schnappte nach Luft.

„Ich hab lediglich ein paar Fragen gestellt." empörte sie sich.

„Hm", machte Pam, „wahrscheinlich auf deine unverwechselbare direkte Art, oder?"

Coco warf ihr einen Blick zu.

„Was hast du ihn gefragt?", wollte nun auch Judy wissen.

„Auf was für Frauen er so steht."

„Hast du ihn so gefragt?"

„Nein, ich hab gesagt, dass ich Liz nicht verstehen könne, dass sie mit so einem Typen wie Mike zusammen war. Und dass er eher zu Liz passen würde als Mike. Er hat gelacht und gemeint, nein, das sei völlig ausgeschlossen, dass er mit Liz jemals zusammen kommt. Also hab ich gefragt warum und auf welchen Typ Frau er so steht."

„Und? Auf welchen steht er?", fragte Judy.

„Interessiert?" grinste Coco zurück.

Judy tippte sich gegen die Stirn.

„Er meinte, sie müsse einfach ganz natürlich sein, ein bisschen frech, ein bisschen schüchtern. Sie müsse Sport machen, also nicht so ein Couch-Potatoe sein, aber auch mal einen gemütlichen DVD-Abend einer Tour durch die Discos vorziehen."

„Und äußerlich?"

„Hat er nur gesagt, dass er lange Haare ganz gut findet."

„Also scheidet Pam schon mal aus."

„Ey!"

Judy zwinkerte ihr zu.

„Sonst noch was?"

„Nein, dann ist Mike reingepoltert gekommen und ich hab mich vorsorglich verdrückt."

„Du hast ihn nicht durch Zufall noch nach sexuellen Vorlieben und Lieblingsstellungen gefragt?"

„Spinnst du?" Coco sah Judy an, die breit grinste.

„Das wäre selbst mir zu krass. Dann würde der zurecht glauben, dass ich hinter ihm her bin."

„Bist du nicht?", witzelte Anabelle.

„Ey, jetzt fang du nicht auch noch damit an." beschwerte sich Coco halb ernst.
„Ich geb nur das wieder, was er eh denkt."
Coco knurrte.
„Aber warum bist du mit 'nem Putzlappen beworfen worden?", fiel Pam der Anfang des Gespräches wieder ein. Die anderen nickten.
„Ich hab nur gesagt, dass Coco ihn nett findet und dass das bei einer Konkurrenz wie Mike ja auch nicht schwer ist."
Coco grinste.
„Und er?"
„Er meinte, ich sei nicht sehr nett und dass man das auch anders ausdrücken könne." Sie berichtete von seiner Aufzählung. „Darauf hab ich gesagt, dass ich nicht lüge. Da kam der Lappen geflogen."
Pam und Coco lachten. Judy grinste.
„Was?" Coco sah sie fragend an.
Judys Blick wechselte zischen Coco und Anabelle.
„Ach", sagte sie, „ich stelle nur was fest."
„Und was?", hakte Pam nach.
„Dass Jonas mit Anabelle flirtet."
Pam und Coco sahen sie an.
„Wieso?"

„Er albert mit ihr rum, will, dass sie ihn nett findet und ist eingeschnappt, wenn sie es scheinbar nicht tut."
„Jonas albert mit fast allen rum."
„Schon, aber nicht so."
Anabelle schüttelte den Kopf.
„Nein, du irrst dich", sagte sie, „ich verstehe mich gut mit ihm, aber mehr ist nicht."
Judy zuckte mit den Schultern.
„Man wird sehen, ich liege mit solchen Einschätzungen eigentlich nie daneben."

Elvira hatte die beiden vom Küchendienst nach ihrer Arbeit noch dabehalten. Sie setzte sich mit ihnen an einen der Tische im Aufenthaltsraum.
„Hört mal zu, ihr zwei", sagte sie verschwörerisch, „nächste Woche haben Christine und Jonas Geburtstag. Ich wollte irgendeine Überraschung machen. Habt ihr ne Idee?"
„Ne Torte", rief Nils, was ihm ein „Pst!" von Elvira einbrachte. „Ne Torte", flüsterte er erneut.
„Hm, gut, Christine kriegt ne Torte, die ist so ein Süßschnabel. Und Jonas, der mag solch Süßkram nicht sonderlich."
Zu dritt überlegten sie.

„Mir fällt nur Fußball ein, aber das hat mit der Küche nichts zu tun." meinte Nils nach einer Weile. Auch Anabelle zuckte mit den Schultern.
„Ich weiß auch nichts." sagte sie.
Auch Elvira hatte trotz intensivem Kratzen am Hinterkopf keine Idee.
„Isst er irgendwas besonders gern?", erkundigte sich Anabelle. Nils und Elvira grinsten.
„Ja, aber dafür werden ihn und uns alle hassen, wenn wir das kochen." erklärte Nils.
„Wieso?"
„Spaghetti mit Öl und Knoblauch, eher mehr Knoblauch als Öl. Das stinkt bestialisch. Jonas hat mal gesagt, das sei die sicherste Variante sich die Mädchen und Mike von der Backe zu halten."
Spaghetti aglio olio, wie lange hatte sie das nicht mehr gegessen!
„Ich hab so das Gefühl, er hat ne Verbündete gefunden", schmunzelte Elvira, „isst du das etwa auch?"
Anabelle nickte grinsend.
„Aber dann sollten wir es noch weniger kochen. Sonst meinen die Mädchen wieder, ich hab das extra deswegen gemacht."
„Wohl wahr", lachte Elvira, „aber wir sind immer noch nicht weiter. Mann, das kann doch nicht so

schwer sein, für so n Jungspunt was zu essen zu kochen."

Die Tür öffnete sich.

„Raus! Teambesprechung!" herrschte Elvira los.

„Ok, ok", Jonas hob die Hände. „Bin ja schon weg."

Die Tür schloss sich.

„Du hast ihn ganz schön unter Kontrolle", bemerkte Nils. Elvira grinste.

„Wenn er frech wird, kriegt er nichts zu essen."

Christine saß an ihrem Schreibtisch und las zum wiederholten Male die therapeutische Einschätzung, die ihr als Fax von Professor Neureich eingegangen war. Immer wieder schüttelte sie dabei fassungslos den Kopf. Nichts von alledem, was in diesem Gutachten stand, konnte sie bestätigen. Nun gut, manchmal war Anabelle nicht gerade auf den Mund gefallen, aber wenn sie das Mädchen mit anderen aus der Gruppe verglich, war sie doch harmlos und eher zurückhaltend. Was hätte dieser Professor dann erst über Paul oder Hannes geschrieben? Anabelle litt niemals an einer übersteigerten Sexuallust. Das hätte sie hier merken müssen. Nicht einmal hatte sie Anabelle längere Zeit mit einem der Jungen allein gesehen. Sie schien nicht einmal besonderes Interesse an einem zu haben.

Sie legte das Papier beiseite und dachte nach. Sie würde ihren ehemaligen Professor von der Uni anrufen. Er war als Koryphäe auf dem Gebiet anormaler Sexualität bekannt. Wenn jemand eine eindeutige Diagnose abgeben konnte, dann er. Andererseits... Wenn Anabelle als geheilt oder gesund eingestuft werden würde, müsste sie zurück zu ihren Eltern. Christine hatte einen Vorgeschmack auf das Familienleben der von Allentals bekommen, als die Eltern hier in der Einrichtung gewesen waren. Versnobt bis in die Haarspitzen und auf Äußerlichkeiten bedacht. Anabelle war seitdem hier richtig aufgeblüht. Und wenn sie nun zurück musste...

Es klopfte.

„Herein."

„Hey, du wolltest mit mir sprechen?"

„Hm, setz dich. Es geht um Anabelle."

„Ist was los?"

Jonas sah sie fragend an.

„Nein, nichts Konkretes. Ich hab den Bericht von diesem Therapeuten bekommen. Ich kann ihn nicht nach vollziehen. Überhaupt nicht. Ich werde ein Gegengutachten erstellen lassen. Vielleicht hilft mir mein Prof von der Uni. Er ist Experte auf diesem Gebiet."

„Anabelle und sexsüchtig", schnaufte Jonas, „wie kommt der darauf?"

Christine zuckte mit den Schultern.

„Ich weiß es nicht, Jonas, ich kann seine Argumentation auch nicht nachvollziehen. Aber darüber wollte ich eigentlich nicht mit dir reden. Ich hab mir darüber Gedanken gemacht, was ist, wenn das Gegengutachten besagt, dass sie gesund ist."

„Das wäre doch ideal."

„Ja, schon", nickte sie, „aber wenn sie gesund ist, gibt es keinen Grund sie hierzubehalten."

Er nickte.

„Ja, und?"

„Sie müsste zu ihrer Familie zurück."

Jetzt begriff Jonas.

„Du meinst, das Ganze würde von vorne losgehen."

„Du hast die Eltern erlebt, Jonas, die sind fest davon überzeugt, dass etwas mit Anabelle nicht stimmt. Ich weiß nicht, was sie noch machen. Sie haben das Mädchen in eine geschlossene Psychiatrie einweisen lassen. Und dazu braucht man sehr gute Beweise für eine psychische Störung."

Jonas überlegte.

„Sie ist doch bald 18."

Christine nickte.

„Ja, in sechs Wochen etwa."

„Können wir sie nicht so lange hier behalten? Das mit dem Gutachten dauert doch ne Weile. Danach kann sie doch selbst entscheiden, wohin sie will."

„Im Prinzip schon", sagte Christine, „nur, dass sie kein Geld hat und die Eltern verpflichtet sind, ihrem Kind bis zum Abschluss einer Ausbildung oder dem 26. Lebensjahr Unterstützung zu geben. Zahlen werden *die* nicht, da bin ich mir sicher, das heißt, Anabelle müsste auch wieder zurück zu ihnen."

„Scheiße", murmelte Jonas. Christine grinste kurz.

„Wir sollten uns was überlegen", sagte sie. Er nickte.

„Mach ich."

„Wir." verbesserte sie ihn. Er hob den Kopf.

„Wir", sagte er, „etwas anderes wollte ich auch nicht sagen."

„Umso besser."

Coco wechselte zum vierten Mal in zehn Minuten ihren Platz in Anabelles Zimmer.

„Was meint ihr? Ob er sich über das Shirt freut?"

Judy verdrehte hinter ihrem Rücken die Augen.
Anabelle schmunzelte.
„Auch wenn du noch zehnmal fragst", sagte Pam, „wir wissen es nicht. Schätze schon, er steht ja auf diesen Verein. Also warum sollte er sich nicht freuen. Und nein, wir wissen nicht, ob es die richtige Größe ist, ich kümmer mich normalerweise nicht um die Kleidergröße meiner Betreuer."
Coco sah sie an und verzog den Mund.
„Ich hab ja nur mal gefragt."
„Zum zwanzigsten Mal in zehn Minuten", bemerkte Judy.
„Du wirst es übermorgen wissen", nickte auch Anabelle, „er hat übermorgen Geburtstag und wenn er's auspackt und anzieht, weißt du es. Hm."
Coco schwieg missmutig.
„Aber", Anabelle sah die anderen beiden Mädchen an, „irgendwie kommt er mir vor, als ob er mit jedem Tag ruhiger wird, je näher sein Geburtstag kommt."
„Jonas?"
Anabelle nickte.
Judy überlegte.
„Findest du?"

„Ja", nickte Anabelle, „sonst macht er doch immer flapsige Sprüche."

„Hm", machte Pam, „eigentlich... nee, das hängt bestimmt nicht zusammen."

Anabelle war sich nicht so sicher. In den letzten Tagen hatte sie eine merkwürdige Veränderung an Jonas wahrgenommen. Er war bedeutend ruhiger als sonst. Und er hielt sich immer wieder bei Lizzy auf.

„Sagt mal..."

„Wir wissen es nicht", unterbrach Pam ihre Mitbewohnerin.

„Ich wollte fragen, ob jemand weiß, wann wir morgen Sport haben", fauchte Coco zurück und verschwand.

„Ein wenig angepisst", bemerkte Judy und wandte sich wieder Pam und Anabelle zu.

„Mir ist nur aufgefallen, dass er ständig bei Liz rumhängt", sagte sie dann, „immer wenn ich in die Unterrichtsräume komme, ist er da. Und dann immer dieses Geflüster."

„Flüstern?", fragte Pam. Judy nickte.

„Ja, wenn irgendjemand in der Nähe ist, reden die ganz leise. So dass es keiner mitkriegt."

„Das ist mir auch aufgefallen", stimmte Anabelle zu. „Aber ich finde, es sieht nicht so aus, als würden die beiden was haben."

„Meinst du nicht?"

„Nee, dazu gucken beide immer zu ernst."

„Vielleicht soll es nur keiner mitkriegen, damit Mike nicht wieder einen Anfall kriegt."

„Was geht es denn Mike an, ob die beiden was miteinander haben? Die sind doch nicht mehr zusammen."

„Eben drum. Vielleicht ist Mike eifersüchtig."

Judy schüttelte den Kopf.

„Nee, Mike ist ein Idiot, aber ich glaube, die Sache mit Liz ist für ihn vorbei. Den nervt eher, wenn sie ihm Vorschriften machen will, was die Betreuung angeht."

Anabelle lehnte sich an die Wand hinter ihrem Bett und zog die Beine an.

„Meint ihr, ich sollte einfach mal fragen?"

„So wie Coco neulich?", grinste Pam.

Anabelle sah sie an.

„Erstens heiße ich nicht Coco, zweitens weiß ich, was diplomatisch bedeutet und drittens…"

Ihr fiel nichts ein.

„Drittens", fuhr Judy fort, „ist es Zeit in die Zimmer zu verschwinden. Mike hat Nachtdienst und ich keine Lust, mich mit ihm zu fetzen, weil ich zwei Sekunden zu spät auf dem Zimmer bin. Gute Nacht, Leute."

„Nacht."

Auch Pam verabschiedete sich.
Anabelle sah ihnen nach. Sie machte sich nicht die Mühe aufzustehen, um die Tür zu schließen. Mike würde eh gleich auftauchen.

„Noch jemand hier?"

„Nur ich."

Na bitte, da war er schon.

„Ok, fertig machen."

Schwupps, die Tür war zu. Anabelle streckte ihre Beine aus. Morgen würde sie einmal bei Jonas nachhaken. Sein Verhalten kam ihm merkwürdig vor.

„Beweg deinen Arsch!"

„Schneller!"

Die Jungs fegten über die Wiese, die seit einiger Zeit als Fußballfeld diente. Judy, Coco und Pam standen am Rande des Spielfeldes und feuerten mal die eine, dann die andere Seite an. Mike machte den Schiedsrichter. Anabelle hatte sich umgesehen und Jonas auf der Bank an der Hauswand entdeckt. Er las. Sie schlenderte zu ihm hinüber.

„Hey."

Er hob den Kopf.

„Hey."

„Kann ich mich zu dir setzen?"
„Keine Lust auf Fußball?" Er schmunzelte.
„Keine Lust auf einen Sonnenstich." Die Sonne brannte heute frühsommerlich warm.
„Setz dich."
Er legte das Buch beiseite.
„Wie steht's?" Er deutete Richtung Wiese.
„3 zu 1 für Hannes Mannschaft."
„Paul liegt zurück? Das wird heute Abend lustig." seufzte Jonas. „Der kann nicht verlieren."
Anabelle schwieg. Jonas sah sie aufmerksam an.
„Alles okay? Du wirkst ein wenig nachdenklich."
Anabelle nickte.
„Mit mir schon."
„Mit einem der Mädels was?"
Sie schüttelte den Kopf.
„Nein", sagte sie, „aber vielleicht mit dir."
Er runzelte die Stirn.
„Mit mir? Was soll mit mir sein?"
Anabelle zuckte mit den Schultern.
„Ich weiß nicht", sagte sie, „ich hab irgendwie das Gefühl, dass du seit Tagen ziemlich ruhig bist. Das ist auch den anderen aufgefallen. Aber niemand kann sich einen Grund denken."
Jonas musterte sie.
„Nein, es ist nichts", sagte er schließlich.
„Jetzt lügst du."

Jonas setzte sich auf. Er drehte sich ein wenig in Anabelles Richtung.

„Mach dir mal keine Gedanken."

„Tue ich aber", antwortete sie ruhig, „du bist nie so still und machst gar keine Sprüche mehr. Außerdem bist du ständig mit Liz am Flüstern."

„Ich hab nichts mit ihr."

Über sein Gesicht huschte ein leises Lächeln.

„Dann wollte ich auch nicht sagen, aber ihr hängt irgendwie ständig zusammen."

Jonas schnaufte leise. Er fuhr sich mit der Hand durch das Haar.

„Kannst du mir n Gefallen tun?"

Anabelle sah auf.

„Welchen?"

„Überzeug die anderen, meinen Geburtstag morgen nicht zu feiern."

Anabelle war überrascht.

„Wieso das? In der Midlife-Crisis kannst du ja wohl noch nicht sein."

„Nein, das nicht. Ich mag einfach nicht feiern. Das ist alles."

„Das krieg' ich nie hin. Die haben schon alles geplant. Selbst Elvira."

Er seufzte. Anabelle hatte das Gefühl, als bedrücke ihn etwas.

„Wenn du unbedingt nicht feiern willst", sagte sie langsam, „dann verdrück dich eben morgen. Sag, du bist krank, oder was weiß ich. Aber um die Geschenke, das Singen und Elviras Kochkünste wirst du nicht drum herum kommen."

Er lächelte kurz.

„Daran habe ich auch schon gedacht", sagte er. „Aber das geht nicht. Liz weiß, dass ich nicht krank sein werde."

„Was hat Liz damit zu tun?"

Jonas atmete tief. Er sah sie an.

„Warte mal einen Moment."

Er erhob sich und ging zur Wiese hinüber. In einer kurzen Spielunterbrechung redete er kurz mit Mike. Der nickte nur. Jonas kehrte zur Bank an der Hauswand zurück.

„Lass uns ein paar Schritte gehen. Ich muss soundso was mit dir besprechen."

Verwundert folgte Anabelle ihm über den Hof. Coco, die Hündin, lief neben ihnen her. Jonas sah sie an.

„Also meinetwegen, komm mit." Er öffnete das Tor. Coco brauchte einen Moment, ehe sie verstand, dass man auf sie wartete. Sie huschte durch das Tor und tobte an dem kleinen Feldweg entlang. Sie schlugen den Weg in Richtung

Weggabelung zwischen Wald und Feldern ein. Noch immer schwieg Jonas. Anabelle überlegte.

„Du wolltest was mit mir besprechen", sagte sie schließlich. Er sah zu ihr hinüber.

„Hm", machte er.

„Was?"

Er schüttelte den Kopf. Anabelle schwieg. Sie liefen weiter.

Schließlich blieb Jonas stehen. Er sah sich nach Coco um, die sich ausgelassen auf dem Rücken im Sand wälzte.

„Panieren kannst du dich später, Hund", rief er ihr zu. Coco sprang auf und eilte auf ihn zu. Anabelle hechtete beiseite. Coco rannte einfach alles um, was ihr im Weg stand. Jonas kraulte den Hund ausgiebig. Er hob einen Apfel auf, die zuhauf am Wegesrand lagen und warf ihn. Coco rannte, blieb schließlich aber verdutzt stehen. Welcher war ihrer gewesen? Sie schnüffelte aufgeregt. Zufrieden nickte Jonas.

„Du hast mich gefragt", begann er unvermittelt, „was Liz mit der Sache zu tun hat. Sie weiß alles. Sie weiß, warum ich keine Lust auf Feiern habe."

„Hast du es ihr erzählt?"

Er schüttelte den Kopf.

„Nein, das musste ich nicht." Er sah Anabelle an. „Sie ist meine Stiefschwester."

Überrascht hob Anabelle die Augenbrauen. Damit hatte sie nicht gerechnet.

„Ich muss ihr nichts erzählen, weil sie alles hautnah mitbekommen hat damals", erklärte er, ohne sie anzusehen. „Sie war an dem Abend nicht zu Hause, genau wie ich. Wir sind erst später dazu gekommen."

Sie war geneigt zu fragen, wozu, aber sie ließ es. Irgendwas in seinem Blick hinderte sie daran.

„Wir haben einen Anruf von unserem Nachbarn gekriegt. Er sagte, vor unserem Elternhaus stünden Polizeiwagen. Was denn bei uns los sei? Wir waren mit Freunden in der Stadt was trinken, wir haben auf dem Land gelebt, und haben uns sofort auf den Weg gemacht. Als wir daheim ankamen, standen Polizei, ein Rettungswagen, ein Notarzt, das volle Programm vor unserem Haus. Wir wollten wissen, was passiert ist. Sie haben wohl gemeint, Liz sei das nicht zuzumuten, also haben sie mich ins Haus geführt. Unsere Eltern, also Liz' Mutter und mein Vater lagen auf dem Boden im Wohnzimmer. Überall war Blut. Sie seien überfallen worden, hat irgendjemand von den Polizisten gesagt, sie hätten sich gewehrt und die Einbrecher wären ziemlich brutal zu Werke gegangen. Sie hätten meine Mutter mit dem Kaminhaken erschlagen und meinem Vater die

Samuraimesser, die an der Wand hingen, in die Brust gerammt. Was danach war, weiß ich nicht mehr. Ich bin zusammengeklappt."

Anabelle schluckte. Jonas setzte sich an einen Baum am Wegrand. Anabelle folgte ihm.

„Es war mein 18. Geburtstag."

Er schwieg.

Anabelle wusste nicht, was sie sagen sollte. Sie verstand, warum er nicht feiern wollte. Mit so einem Erlebnis im Hinterkopf hätte sie es sicherlich auch nicht. Ein wenig hilflos legte sie ihm die Hand auf die Schulter. Er hob den Blick.

„Das, was ich dir gesagt habe, bleibt unter uns, klar? Nicht mal Christine weiß es. Nur Liz. Und sprich sie bitte nicht darauf an."

Anabelle nickte.

Coco trottete auf die beiden zu. Sie hatte die Suche nach dem richtigen Apfel aufgegeben und sah etwas deprimiert drein. Jonas tätschelte ihr den Kopf. Die Hündin streckte sich neben ihm aus.

„Ich versuche die anderen abzuhalten, viel Brimborium zu machen", versprach Anabelle.

Jonas lächelte kurz.

„Danke. Aber das wirst du vermutlich nicht schaffen. Ich bin die letzten zwei Jahre auch nicht drum rum gekommen."

„Weiß Christine eigentlich, dass Liz deine Stiefschwester ist?"

Jonas schüttelte den Kopf.

„Nein, sie denkt, Liz und ich kennen uns von früher irgendwoher. Ich hab Liz vorgeschlagen, als für die Einrichtung eine Lehrkraft gesucht wurde. Liz war gerade mit ihrer Ausbildung fertig. Sie muss es auch nicht wissen. Christine ist zwar ne Nette, aber alles muss ich ihr dennoch nicht sagen."

„Weil sie Psychologin ist?"

„Das kommt hinzu. Nein, vor allem, weil sie für mich nur ne Arbeitskollegin ist. Und alles muss ich nicht jedem erzählen."

Anabelle fragte sich, warum er es ihr erzählt hatte.

„Was wolltest du denn eigentlich vorhin noch mit mir besprechen?", versuchte sie das Gespräch auf ein anderes Thema zu lenken.

Er sah auf und atmete tief.

„Richtig", sagte er, „ich hab neulich mit Christine über dich gesprochen. Sie hat das Gutachten von diesem Therapeuten bekommen und will ein Gegengutachten erstellen lassen, dass dir bescheinigt, dass du an keiner Störung leidest. Das sei eine Sache von wenigen Wochen, sagt sie. Aber… Da ergibt sich dann die Frage, wie es danach weiter geht."

„Womit weiter?"

„Mit dir?"

Anabelle runzelte verständnislos die Stirn.

„Wenn du als gesund giltst, gibt es keinen Grund für dich mehr hier zu bleiben."

Jetzt verstand sie.

„Ich müsste nach Hause."

Jonas nickte.

„Christine und auch ich sind der Meinung, dass du nicht unbedingt wieder zurück solltest. Ich meine, es ist deine Entscheidung, aber wir haben beide Bedenken, dass ähnliches dann von vorne losgeht, wenn du dich ihnen mal wieder widersetzt. Und dann bist du 18 und wir können dir nicht mehr helfen. Wir dürfen nur bis 18 aufnehmen."

Anabelle wurde still. Darüber hatte sie noch gar nicht nachgedacht. Coco stieß sie mit der Schnauze an. Jonas zog den Hundekopf beiseite.

„Nicht, lass sie", raunte er der Hündin zu, „lass sie, Coco. Sie will dich jetzt nicht kraulen."

Die Hündin blickte ihn aus großen Augen an.

„Müsst ihr mich zurückschicken?"

„Wenn du noch 17 bist, in jedem Fall", nickte Jonas, „wenn du 18 bist, kannst du maximal ohne die Attestierung noch zwei Monate bleiben. Dann müssen wir den Platz weitergeben. Du könntest dann zwar in eine eigene Wohnung und so ziehen, aber ich bin mir ehrlich gesagt nicht sicher, ob du das finanzieren kannst. Und solltest du es nicht können, sind deine Eltern wieder am Zuge. Im Zweifelsfall müsstest du auch dann wieder bei ihnen einziehen."

Anabelle schnaufte.

„Nach Hause will ich nicht unbedingt wieder", sagte sie, „aber... nein, vermutlich kann ich mir keine eigene Wohnung leisten. Außerdem würde niemand einem eine Wohnung vermieten, die keine Rücklagen und noch nicht mal einen Job hat. Und zur Schule gehe ich ja auch nicht, dank des Privatunterrichts."

Jonas nickte.

„Gibt es nicht so was wie betreutes Wohnen?", fragte Anabelle.

„Ja, gibt es. Aber das wird über Zahlungen der Eltern finanziert. Glaubst du, dass deine Eltern dafür zahlen?"

Anabelle schnaufte.

„Nein", sagte sie kopfschüttelnd, „garantiert nicht."

Sie sah ihn an.

„Am liebsten würde ich einfach hier bleiben."

Jonas lächelte.

„Wenn's nach mir ginge, kein Problem. Und Elvira hätte sicher auch nichts…"
Sein Blick veränderte sich. Anabelle stutzte.
„Was?"
„Ich hab eine Idee."
Er erhob sich.
„Coco, bleib hier und pass auf Anabelle auf, bis ich wieder da bin." Er rannte zum Hof zurück.
Verwundert sah Anabelle ihm hinterher. Dann sah sie Coco an. Die Hündin gab nur ein fragend „Wuff?" von sich.

Es dauerte eine Stunde, ehe Jonas wieder in Sichtweite kam. Coco sprang auf und rannte ihm entgegen.
„Ja, ist ja gut, Dicke, warte." Er reichte Anabelle eines der beiden Eis und tätschelte der Hündin anschließend den Kopf.
„Was war denn?"
„Ich hab eine Idee gehabt und ich musste was klären."
„Was?"
„In den nächsten Tagen."
Anabelle grummelte.
„Elvira hat übrigens noch eine andere gute Idee gehabt."

„Und die wäre?" Anabelle sah ihn fragend an.

„Sie macht morgen Pizza für alle. Dann sind die friedlich."

„Aha."

Jonas schmunzelte.

„Und ich muss morgen früh leider ganz dringend etwas für sie besorgen."

Sein Tonfall war ironisch.

„Auf gut deutsch, du bist nicht da, wenn alle aufstehen und kommst erst wieder, wenn alle schlafen."

Jonas nickte.

„Gut erkannt."

„Hm."

Schade, dachte sie, trotz der traurigen Geschichte hätte sie ihm gerne zum Geburtstag gratuliert.

„Ja, und damit das nicht so auffällt, dass ich etwas für die Küche machen muss, muss natürlich noch jemand mit."

„Liz?"

„Nein, du."

„Ich."

„Ja, entweder Nils oder du. Nils traut sie nicht wirklich, also meinte sie, ich solle dich mitnehmen, oder besser du mich. Du hast den Auftrag. Ich bin nur der Fahrer."

Anabelle war verwundert.

Dann grinste sie.

„Die anderen erschlagen mich, wenn ich zurückkomme."

„Dann müssen wir erst dann zurücksein, wenn sie schlafen."

„Und am nächsten Tag?"

„Auch wieder wahr. Dann können sie es aber auch nicht mehr ändern. Und im Zweifelsfall ist Elvira schuld."

„Dann mäkeln alle an ihrem Essen rum."

„Dann kocht Elvira Kutteln und alle sind wieder ruhig."

Anabelle verzog den Mund.

„Ich hasse Kutteln."

„Die anderen auch", schmunzelte Jonas.

Er lehnte sich gegen den Baum und wischte sich die Hände an seiner Hose ab. Coco ließ sich neben ihn plumpsen. Jonas kraulte sie.

„Nehmen wir Coco mit?", fragte er.

„Zum Essen holen?"

„Guter Einwand", nickte er. „Tja, Dicke, musst wohl da bleiben." Coco drehte sich auf den Rücken. „Ich hab noch nie einen so verknuddelten Hund gesehen. Überall wo ich stehe und gehe, will sie gekrault werden."

„Paul knurrt sie immer nur an."

„Sie hat halt Geschmack."

Anabelle schwieg schmunzelnd.
Er sah sie an.
„Was denkst du?"
„Ich verkneif mir einen Kommentar."
„Sehe ich. Warum?"
„Weil kein Putzlappen in der Nähe ist, mit dem du werfen könntest."
„Gibt genug faule Äpfel."
„Ey."
„Also", er lehnte sich wieder zurück, „was machen wir morgen? Wir haben ja einen ganzen Tag Zeit."
„Hat Christine schon ihre Einwilligung gegeben?"
Er verzog den Mund.
„Nein."
„Dann sollten wir wohl erstmal mit ihr reden, ehe wir planen. Elvira wird sie zwar schon überzeugen, aber trotzdem."
„Hm", machte Jonas.
„Oder nicht?"
„Doch, doch, ich bin sicher, dass du das für Elvira erledigst, gibt keine Probleme."
„Aber?"
„Dass ausgerechnet ich mitfahre."
„Wegen dem Geburtstag?"

„Das, hoffe ich, vergisst sie. Nein, weil normalerweise kein männlicher Betreuer mit einem weiblichen Teili allein unterwegs sein soll."
Anabelle verdrehte sie Augen.
„Was meint sie, was ich mache?"
„Es geht nicht um dich, sondern ums Prinzip."
„Ich bin bald 18."
„Das kommt erschwerend hinzu."
„Häh?"
Er schüttelte nur den Kopf.
„Wir fragen sie nachher einfach", entschied er. „Aber wir können trotzdem schon mal überlegen, was wir tun *könnten*. Oh mann, Coco, du Mistkröte."
Er wedelte mit der Hand vor der Nase. Auch Anabelle roch es. Coco zog jaulend den Kopf ein.

„Christinchen, mach nicht so ein Heckmeck."
Die Köchin hatte sich im Büro vor dem Schreibtisch der Psychologin aufgebaut.
„Ich kann ja wohl schlecht selber fahren, die Liz hat hier zu tun, oder willst du die ganze Schule ausfallen lassen? Flora ist noch krank und Mike schick ich garantiert nicht mit. Aber abholen muss ich's auf jeden Fall. Dem Nils würde ich aber kein Geld in die Hand gegen, auch nicht, wenn einer

von euch dabei ist. Der hat neulich schon wieder was aus der Küche mitgehen lassen."

„Ja", unterbrach Christine den Redeschwall der Köchin, „es geht auch gar nicht darum, dass ich dir den Gefallen nicht tun will."

„Warum dann?"

„Anabelle kann nicht alleine mit Jonas einen ganzen Tag wegfahren."

„Wieso nicht?" Die Köchin schüttelte den Kopf. „Was sollen die denn anstellen?"

„Die Frage ist nicht…"

„Mann, Mädchen, red' Klartext mit mir. Ich hab das Essen auf dem Herd stehen."

„Ich kann ein Mädchen nicht mit einem männlichen Betreuer allein in der Weltgeschichte rumgeistern lassen."

Elvira tippte sich gegen die Stirn.

„Es geht nicht."

„Mike hat die Judy neulich auch zum Arzt gefahren, da hat kein Hahn nach gekräht. Und bei dem würde ich mir eher Gedanken machen als bei Jonas. Der kann seine Finger bei sich behalten. Bei Mike bin ich mir nicht so sicher."

Sie sah Christine auffordernd an.

„Also gut", sagte Elvira schließlich, „fahren die beiden halt nicht. Dann rufst du aber da an und sagst, dass wir die Bestellung morgen nicht

abholen, weil die Leitung Bammel hat, dass irgendwas passiert, und sie ihre ca. 30Kg selbst verbrauchen können. Und wir zahlen natürlich auch nicht."
„Elvira!"
„Nein", entgegnete die Köchin resolut. „Entweder die fahren oder du telefonierst."
Christine seufzte.
„In aller Herrgotts Namen. Sie können fahren."
Elvira lächelte.
„Na also, geht doch."

Es klopfte leise an Anabelles Zimmertür. Verschlafen sah sie auf.
„Hey, aufstehen", erstaunlich leise betrat die Köchin das Zimmer, „wenn du mit Jonas mitwillst, solltest du in die Gänge kommen. In 'ner halben Stunde stehen die anderen auf, dann müsst ihr weg sein."
„Ist gut."
Anabelle war schnell aus dem Bett gesprungen. Vorsichtshalber hatte sie die Sachen für heute schon gestern rausgelegt und brauchte nun nur noch hineinzuschlüpfen. Sie griff nach ihrer Tasche mit dem kleinen Block und den Stiften, band sich die Haare zu einem Pferdeschwanz

zusammen und schlich nach unten ins Erdgeschoss.

Elvira wartete schon an der Küchentür.

Sie drückte Anabelle zwei Papiertüten in die Hand.

„Euer Frühstück. Nicht, dass ihr mir noch unterwegs verhungert. Macht euch mal 'nen schönen Tag. Vielleicht hab ich heute Abend auch schon ne Antwort."

„Auf was?"

Elvira sah sie an.

„Hat Jonas nicht mit dir geredet?"

„Nein."

Elvira grinste.

„Ach so", sagte sie, „na, dann soll er es dir auch mal schön selbst erzählen."

Sie öffnete die Haustür.

„Geh schon mal zum Auto vor."

In diesem Moment kam Jonas die Treppe herunter.

„Ich dachte schon, ich muss nochmal wecken kommen." grinste Elvira.

Jonas schmunzelte.

„Nein, ein Schock am Morgen reicht", neckte er sie.

„Die Anabelle hat euer Frühstück. Jetzt los. Sonst lauft ihr den anderen noch über den Weg und du musst feiern."

„Bin schon weg." Jonas folgte Anabelle zum Auto und ließ sie einsteigen.

„Nein, Dicke, du kommst nicht mit." Er schob Coco von der Fahrertür fort. „Du musst hier Wachhund spielen."

„Zumindest bis der nächste zum Kraulen vorbei kommt." grinste Anabelle. Jonas setzte sich und schloss die Tür. Er startete den Motor und ließ den Wagen vom Gelände rollen. Auf der Landstraße atmete er auf.

„So, geschafft."

Er grinste zu Anabelle hinüber.

„Was haben wir zu essen dabei?"

Sie sah in die Tüten.

„Brötchen, Schokoriegel, Banane, Apfel, Wasser und etwas, was ich nicht identifizieren kann."

„Das überlass ich dir."

„Danke schön." erwiderte sie ironisch.

„So, meine Dame, wohin soll es also gehen?" Er hielt an einem Bahnübergang. Vor ihnen warteten bereits andere Autos auf den passierenden Zug.

„Ich bin noch zu müde, ich kann noch nicht denken."

Jonas grinste.

„Gut, immer der Nase nach."
„Was meintest du eben eigentlich mit: ein Schock genügt?"
Jonas schmunzelte.
„Elvira hat mich heute mit einem Geburtstagsküsschen geweckt."
Anabelle grinste belustigt.
„Und?", fragte sie interessiert.
„Ich war so perplex, dass ich erst mal gar nichts sagen konnte."
„Sie sollte dich öfters mal so wecken."
Jonas schlug ihr leicht mit dem Handrücken gegen das Bein.
„Sei nicht so frech, sonst dreh ich wieder um."
„Viel Spaß beim Geburtstagfeiern."
„Du bist fies."
Sie fuhren eine Weile den Landstraßen folgend. Schließlich hielt Jonas an.
„Hast du noch ne Idee, wo wir überhaupt sind?"
„Nö, ich dachte, du weißt es."
„Eigentlich nicht", gestand er, „ich bin immer da lang gefahren, wo's am schönsten aussah. Außerdem hab ich Hunger." Er nahm ihr die Tüte ab und sah hinein. „Hm, du hast schon ganz schön zugelangt."
„Ich hab ja auch nichts zu tun."
„Wie wär's mit Straßenschilder lesen?"

„Wie wäre es mit selber aufpassen?"
Jonas streckte ihr die Zunge raus.
Er nahm sich den Apfel und aß.
„Wie spät ist es eigentlich?"
Anabelle warf einen Blick auf ihre Armbanduhr.
„Viertel vor acht."
„Die Bande tobt bestimmt schon durchs Haus."
„Und schmiedet Mordpläne, wenn ich zurückkomme."
„Schieb's auf Elvira."
„An die trauen die sich nicht ran. Ich krieg's eher ab. Vor allem von den Mädels."
Jonas schmunzelte.
„Apropos Elvira", meinte Anabelle, „sie hat heute Morgen gesagt, vielleicht habe sie heute Abend schon eine Rückmeldung. Was meinte sie?"
Jonas sah sie zwischen zwei Bissen fragend an.
„Hm?"
„Sie meinte, du wüsstest schon und war verwundert, dass ich keine Ahnung habe."
Jonas begann zu grinsen.
„So schnell schon", sagte er geheimnisvoll, „das wäre ja super."
„Um was geht's eigentlich?"
Jonas lächelte.

„Warte ab. Ich hab eine Idee, aber ich weiß nicht, ob sie klappt. Wenn's spruchreif ist, bist du die Erste, die es erfährt."

Skeptisch sah Anabelle ihn an.

„Wir müssen übrigens noch ein paar Sachen für Elvira einkaufen. Sozusagen als Alibi. Christine hat sich wohl ein wenig quergestellt gestern. Damit sie sieht, dass wir auch fleißig waren und nicht nur gefaulenzt haben heute." setzte Jonas sie in Kenntnis.

„Was zum Beispiel?"

„Kartoffeln. Hm, das heißt, ich darf wieder schleppen, naja. Und Möhren. Und eine Palette Hundefutter. Ist das schon wieder alle? Coco ist eh zu fett. Die wird auf Diät gesetzt."

Anabelle grinste.

„Ich hoffe, du meinst jetzt den Hund."

Er sah sie an. Dann lachte er.

„Ja, meinte ich. Bei der anderen Coco wäre eine solche Aussage ziemlich schmerzhaft. Die zielt immer so genau beim Fußball."

„Erfahrungswerte?"

Er nickte.

„Stell dich nie ins Tor, wenn du dich vorher mit ihr in der Wolle hattest. Was glaubst du, wie die zutreten kann?!"

„Ich kann's mir vorstellen."

Jonas ließ den Strunk seines Apfels wieder in die Tüte fallen.
„So, nun bin ich gestärkt. Was machen wir jetzt?"
„Erst mal rauskriegen, wo wir sind."
Jonas grinste.
„Gute Idee!"

Schnell hatte sich Jonas wieder orientiert. Anabelle beobachtete ihn. Noch nie war sie mit ihm unterwegs gewesen. Ein paar Mal hatte sie Elvira zum Einkauf für die Küche begleitet. Zweimal war sie zu psychologischen Terminen mit Christine gefahren. Jonas fuhr zügig, aber nicht schnell. Sie besah sich die Landschaft. Ein Raubvogel kreiste über einem nahen Feld. Jonas drosselte das Tempo.
„Hey."
Er stieß sie mit dem Knie an.
„Alles okay?"
Sie hob den Kopf.
„Ja, alles bestens."
„Wir sollten und mal überlegen, wohin wir fahren wollen. Nur die ganze Zeit im Auto zu sitzen, ist auch nichts."
Anabelle nickte.

„Aber ich kenn mich hier in der Gegend nicht aus."

„Nicht?"

Jonas sah sie an.

„Na, dann weiß ich, was wir machen."

„Was denn?"

„Eine kleine private Stadtführung. Ich bin nämlich hier aufgewachsen."

Anabelle nickte. Sie fragte nicht nach. Scheinbar dachte Jonas gerade nicht an seine Eltern. Anabelle wollte, dass es so blieb.

Sie steuerten den nächstgrößeren Ort an. Jonas stellte den Wagen am Rande der Fußgängerzone ab. Er wartete, bis Anabelle ebenfalls ausgestiegen war.

Sie schlenderten durch die kleinen Straßen. Anabelle erinnerte der Ort ein wenig an einen Ausflug mit dem Kindermädchen, als sie noch kleiner gewesen war. Sie waren einkaufen gewesen, Anabelle hatte irgendetwas Interessantes gesehen und sich losgemacht. In der Menschenmenge hatte sie ihr Kindermädchen aus den Augen verloren. Und geheult wie ein Schlosshund.

Jonas zeigte ihr kleine versteckte Sehenswürdigkeiten, eine winzige Kirche beispielsweise, die zwar mitten in der Innenstadt

lag, aber nur maximal 30 Menschen beherbergen konnte. Ein Café, dessen Speisekarten und Wanddeko gnadenlos und ausnahmslos rückwärts geschrieben waren. Den kleinen Springbrunnen, in den er Liz als Kind immer geschubst hatte und der ihm im Gegenzug einmal eine dicke Beule eingebracht hatte, weil er es nicht mit ihrem ersten Freund hatte aufnehmen können. Anabelle fühlte sich wohl. Jonas schien gelöst. Sie blieben vor einer Buchhandlung stehen. Anabelle deutete auf eine der Postkarten.
Jonas las und grinste.
„Die ist was für Mike." Er tippte auf eine andere. „Eine Erektion zählt nicht als Persönlichkeitswachstum." Anabelle musste grinsen. „Die nehm ich ihm mit." Jonas verschwand im Laden, um die Karte zu bezahlen. Anabelle wartete. Was die anderen gerade machten...?

„Wie jetzt?"
Coco starrte Christine an.
„Was soll das heißen, Jonas ist heute nicht da? Er hat Geburtstag. Wir wollen feiern." Sie hielt ein sauber eingewickeltes Geschenk vor sich. „Wir haben uns echt Gedanken gemacht."

„Ich kann's euch nur so sagen wie es ist", wiederholte Christine, „Anabelle muss heute für Elvira eine große Bestellung für die Küche abholen. Elvira kann ja nicht fahren, sonst hätten wir alle hier nichts zu essen. Also ist Jonas mit. Einer von uns muss ja fahren. Und ich habe heute Nachmittag noch einen wichtigen Termin, ich kann also nicht."

„Mann", maulte Coco protestierend, „das ist Scheiße."

„Coco!"

„Nein, Scheiße."

Christine sah das Mädchen auffordernd an.

„Ja, aber es ist es trotzdem." Sie sah auf das Päckchen. „Ich hab mir so ne Mühe gemacht."

Judy sah sie an.

„Wir geben es ihm halt heute Abend, wenn er wieder da ist." sagte sie.

„Hm", brummte Coco missmutig. Sie brachte das Geschenk wieder nach oben. Ein kurzer Blick in Richtung Christine. „Trotzdem Scheiße."

Jonas kehrte mit einer kleinen Papiertüte wieder zurück. Sie setzten ihren Weg fort.

„Kann es sein, dass du Hunger hast?", schmunzelte er nach einer Weile. „Mich knurrt von links immer so jemand an. Und Coco haben wir nicht dabei. Und ich meine den Hund."
Anabelle schmunzelte.
„Ja, so langsam", gab sie zu.
Er nickte.
„Ich auch. Lass uns was essen gehen." Anabelle zögerte. „Was ist?"
„Kann ich nicht", sagte sie.
„Wieso?"
„Ich hab kein Geld."
Jonas lächelte.
„Hab ich ganz vergessen. Egal. Ich lad dich ein."
„Aber…"
„Mein Geburtstagswunsch, den kannst du mir nicht abschlagen."
„Das ist gemein. Ok."
Er führte sie zu einer Pizzeria, von deren oberer Etage man über den großen Marktplatz sehen konnte.
„Kleiner Tipp", sagte er, während der Kellner ihre Getränkebestellung ausführte, „wenn du eine Pizza ist, nimm die kleine Version. Es sei denn, du willst ein Wagenrad essen. Die Portionen sind riesig."

Anabelle nickte. Sie hatte beim Betreten der Pizzeria bereits eines dieser Exemplare gesehen. Das würde sie niemals schaffen. Es sei denn…
„Oder wir teilen uns eine große."
Anabelle grinste.
„Was?", wunderte sich Jonas ebenso grinsend. „Hab ich was Lustiges gesagt?"
„Nein, ich hab nur gerade das Gleiche gedacht."
„Na dann, was willst du drauf haben?"
„Salami", sagte Anabelle sofort.
„Einverstanden. Oliven?"
Sie nickte.
„Zwiebeln?"
„Bestens. Magst du Artischocken?"
„Nicht sonderlich."
„Ok", lenkte Jonas ein, „Champignons?"
„Ja, und … nö, das war's."
„Ich hab auch nichts mehr." Er gab die Bestellung auf. Anabelle nahm einen großen Schluck von ihrer eiswürfelgekühlten Spezi. Wie lange hatte sie das schon nicht mehr getrunken!
Jonas beobachtete sie lächelnd.
„Du genießt gerade." stellte er fest. Anabelle errötete leicht.
„Sorry", sagte sie, „ich… ich hab das nur so lange nicht mehr getrunken. Und ich liebe es."

„Kein Problem", erwiderte er, „das sah eben nur richtig nach Genuss aus." Er lächelte. „Was machen wir nachher? Nach dem Essen?"
„Die Treppe runterkugeln vermutlich."
„Das geht schnell. Ich geb dir einfach n Schubs."
„Dann musst du unten wischen."
„Anabelle!" Er verzog das Gesicht. „Kannst du solche Bilder bitte bis nach dem Essen aufbewahren."
Sie schüttelte den Kopf.
„Nein, dann wird die Reaktion noch unappetitlicher."
„Auch wahr." Er lachte.
„Wie wäre es irgendwo mit einem Verdauungsspaziergang?", schlug sie vor.
„Hört sich gut an. Hier in der Nähe ist ein See. Da ist es ganz schön." Sie war einverstanden. Wer war eigentlich auf die Idee gekommen, dass sie den Tag mit Jonas verbrachte? Egal, wer es gewesen war, es war eine gute Idee. Nicht nur, dass sie einen ganzen Tag, noch dazu seinen Geburtstag, mit ihm verbringen konnte, ohne dass Coco 1 oder 2, Judy, Paul oder Mike sie störten. Außerdem konnte sie ihn ein bisschen besser kennenlernen. Als er ihr vorhin die Stadt gezeigt hatte, hatte sie jede Information über ihn förmlich eingesogen.

„Was isst du besonders gern?"

Sie konzentrierte sich wieder auf das Hier und Jetzt.

„Hm", machte sie während sie überlegte. „Etwas, wofür dich die anderen immer erschlagen wollen, wie mir Elvira erzählt hat."

Er dachte nach.

„Spaghetti mit Öl und Knoblauch?"

Sie nickte.

„Endlich mal eine mit Geschmack."

Anabelle grinste.

„Und Pizza wie man sieht." Er nickte. „Asiatisch. Aber kein Sushi. Und hausgemachte Frikadellen!"

„Besondere?", fragte Jonas, während er über das Leuchten in ihren Augen schmunzeln musste.

„Die von meiner … hm, warte mal, sie ist die Cousine der zweiten Frau von meinem Onkel."

„Klingt kompliziert."

Sie nickte.

„Jedenfalls schmecken ihre Frikadellen himmlisch. Ich könnte mich jedesmal reinlegen. Ich krieg auch immer heimlich welche mit nach Hause. Meine Mutter hasst die Dinger. Sie sind ihr zu gewöhnlich."

„Und was mag sie?"

„Haute cuisine", witzelte Anabelle mit übertrieben französischem Akzent. „Schnecken.

Schaumsüppchen. Medaillons vom superteuren Rind."

„Nicht dein Fall?"

„Überhaupt nicht."

„Und dein Vater?"

„Isst das, was man ihm vorsetzt."

„Deine Mutter führt also das Regiment bei euch, so scheint es."

„Kann man so sagen. Mein Vater ist wenig zu Hause."

Er nickte.

„Prego ihre Pizza."

Anabelle seufzte lautlos. Selbst zu zweit würden sie dieses Riesending niemals schaffen.

Jonas schmunzelte.

„Zu wenig? Soll ich noch eine zweite bestellen."

„Bloß nicht", beeilte sich Anabelle zu sagen, „wir werden die schon nicht schaffen."

Er reichte ihr das Besteck.

„Dann guten Appetit."

Die Pizza schmeckte himmlisch.

Coco grummelte den Tag vor sich hin. Liz hatte sie zweimal zurecht gewiesen in der Unterrichtszeit. Zum Mittag hatte es nur langweilige Fischstäbchen gegeben und Jonas war immer noch nicht von dieser vermaledeiten Einkaufstour zurück. Pam und Judy hatten sich für die Mittagszeit in den Garten verdrückt.

„Ich freu mich schon auf die Arbeitszeit nachher", seufzte Pam, „wenn Coco so weiter mault, scheppert das heute noch gewaltig. Paul ist auch angepisst, noch von gestern, weil er verloren hat beim Fußball. Und die beide aufeinander losgelassen. Juchu!"

Judy nickte.

„Ist aber auch Scheiße gelaufen", sagte sie, „wir hatten alles so schön geplant und dann ist er nicht da."

„Anabelle hätte aber auch mal was sagen können."

„Meinst du, sie hat das gestern schon gewusst? Schien mir nicht so. Bestimmt hat Elvira sie heute in aller Herrgottsfrühe aus den Federn gescheucht und ihr gesagt, dass sie die Sachen abholen muss. Kennst doch unseren Küchendragoner. In solchen Sachen ist sie ganz gerne mal vergesslich."

„Anabelle kann sich auf jeden Fall nicht beschweren."

„Wie meinst du das?"

„Na, allein mit Jonas unterwegs…"

Pam grinste. Judy stimmte ein.

„Das stimmt."

„Ich hab bei ihr soundso das Gefühl, als würde sie auf Jonas stehen."
„Anabelle?"
Pam nickte.
„Ja, sie ist ständig in seiner Nähe. Ich meine, mich stört's nicht. Mir fällt's nur auf."
„Sag das ja nicht gegenüber Coco."
„Ich bin nicht bekloppt", erwiderte Pam, „ich muss mir mit der ein Zimmer teilen. Da kann ich keine Kampfzicke gebrauchen."
„Apropos Kampfzicke", Judy pustete einen Marienkäfer von ihrer Kleidung, „Mike ist gestern noch ziemlich laut geworden."

Anabelle schmunzelte. Schon seit ein paar Minuten klebte ein kleiner Tropfen Tomatensoße an Jonas' Nasenspitze. Er schien ihn nicht zu bemerken.
Bis auf ein winziges Stück hatten sie die große Pizza tatsächlich geschafft. Jonas lehnte satt und faul in seinem Stuhl.
„Du kannst nicht zufällig Auto fahren?"
Sie schüttelte den Kopf.
„Dann hast du gleich eine wichtige Aufgabe."
„Welche?"

„Mich vor dem Verdauungsschläfchen zu bewahren."

„Ich drück einfach auf die Hupe."

Jonas kniff ihr leicht in die Seite.

„Mit dir kann man sich echt nicht normal unterhalten."

„Kann man", sagte Anabelle ein wenig ernster, „aber man muss nicht."

Er nickte.

„Ja."

Jonas zahlte. Gemeinsam stiegen sie die enge Treppe nach unten.

„Ohne Fettfleck geschafft", grinste er, als sie auf den Marktplatz traten. Er deutete auf die Marktstände. „Lass uns kurz über den Markt bummeln. Ich will Elvira ein paar Kräuter mitnehmen. Als kleinen Dank für die Fluchthilfe."

Anabelle folgte ihm zu einem Stand. Er schien die Verkäuferin zu kennen. Sie begrüßte Jonas mit Namen und stellte ihm eine Auswahl ihrer besten Kräuter zusammen. Anabelle bemerkte, dass Jonas nur ein Bruchteil von dem bezahlte, was die Kräuter kosteten. Sowohl sie als auch Jonas bekamen beim Verabschieden noch eine Schale mit frischen Erdbeeren.

„Übrigens, Junge, putz dir mal die Nase." Die Verkäuferin deutete auf seine Nase. Jonas wischte sich mit dem Handrücken darüber. Anabelle verkniff sich ein Grinsen. Er warf ihr einen Blick zu.

„Wie lange hab ich das da schon?", fragte er während sie zurück zum Auto gingen.

„20 Minuten."

„Kannst du mir bitte nächstes Mal früher Bescheid sagen?"

„Macht aber nur halb so viel Spaß. Außerdem sind wir quitt. Ich die Kirschen, du Pizzatomaten."

Er knurrte.

„Einverstanden."

Er verstaute die Tüten im Kofferraum.

Sie fuhren los.

„Zum See?"

Anabelle nickte. Sie war müde.

Die Fahrt hatte nicht lange gedauert. Jonas war froh darum. Nach dem Essen war er schläfrig geworden, nicht gerade die beste Voraussetzung zum Autofahren. Schon gar nicht, wenn jemand neben ihm jemand im Wagen saß. Christine hätte sich bedankt, wenn er, gerade mit einem ihrer Schützlinge, einen Unfall gebaut hätte, nur weil er unaufmerksam gefahren war. Er sah kurz zu

Anabelle hinüber. Sie wirkte auch nicht sehr munter.

Sie verließen den Wagen und einigten sich auf einer Strecke rund um den See.

Jonas fiel sein erster Hund ein. Es war ein Mischling aus dem Tierheim gewesen. Verspielt, ein bisschen wild, aber freundlich. Eines Tages war er beim Sparzierengehen verschwunden. Die ganze Familie hatte ihn gesucht. Schließlich hatten sie ihn am Rande des Sees gefunden. Das Foto hing noch heute über seinem Bett. Der kleine Kläffer gemütlich schlummernd im Nest einer Ente, die davor stand und etwas ratlos in die Welt guckte. Zwischen seinen Pfoten tschiepten einige Entenküken.

Er hob einen Cent auf, der auf dem sandigen Wege lag. Konnte man sich nicht etwas wünschen, wenn man Geld fand. Er lächelte, schloss kurz im Gehen die Augen und sprach wortlos seinen Wunsch aus. Naja, vielleicht weil sein Geburtstag war. Aber eigentlich glaubte er nicht daran.

Anabelle war an den See getreten und sah aufs Wasser hinaus. Jonas stellte sich neben sie und sah sie an. Anabelle hob kurz den Blick, dann sah sie wieder aufs Wasser.

„Ich hab das Gefühl, als würdest du über etwas nachdenken", sagte er.

Sie nickte leicht.

„Tue ich."

„Verrätst du mir, über was?"

„Ich hab an meine Eltern gedacht", erklärte sie. „Unser Haus liegt an einem See. Wenn ich die Wiese hinuntergehe, bin ich am Ufer."

„Es erinnert dich hier daran."

„Ich hab mich immer zum See verzogen, wenn ich nachdenken wollte. Das war der einzige Platz, wo man mal ein wenig ungestört war. Es gab dort eine kleine Bank." Jonas hörte zu.

„Ich habe gerade darüber nachgedacht, warum meine Eltern so sind. Ich meine, ok, manchmal war ich gegenüber ihnen oder gegenüber Frau von Zurbriggen, das ist meine Hauslehrerin gewesen, etwas frech. Aber ich hab meinen Eltern nie irgendeinen Anlass gegeben, dass ich…"

Sie zögerte.

„… dass du ein sexuelles Problem hast." vervollständigte Jonas den Satz. Anabelle nickte ein wenig verlegen. Mit Jonas über das Thema und die Diagnose zu sprechen war ihr ein wenig unangenehm.

„Ja", sagte sie, „ich war nicht anders als andere. Der einzige Junge, den es jemals ansatzweise in diesen Dingen gab, war ein Nachbar. Wir sind etwa im selben Alter. Klar, dass man irgendwann auch über solche Sachen spricht. Er hat mich gefragt, wie küssen geht. Aber mehr ist niemals passiert."

„Haben Sie nie mit dir drüber geredet?"

Anabelle wiegte den Kopf.

„Sie haben mir gesagt, dass sie einen Therapeuten oder Psychologen zu uns gebeten haben, weil es ein Problem gebe. Ich habe das eher auf mein Verhältnis zu Frau von Zurbriggen bezogen. Professor Neureich hat auch alles Mögliche gefragt, ich war viel zu naiv, als dass ich darauf geachtet hätte, in welche Richtung die Fragen abzielten. Ich hab mich nur einmal gewundert, warum er wissen wollte, ob ich Interesse an Jungs hätte. Ich wusste nicht, was das mit meinem Unterricht zu tun hatte."

„Sie haben dir nie gesagt, was du angeblich hast?"

„Sie haben immer von dysfunktionalen Entwicklungen im Bereich der libidinös-affektiven Funktionen geredet. Ich konnte damit nichts anfangen. Ich hab gedacht: OK, du hast vielleicht ein kleines psychisches Problem. Ich hatte ja keine Vergleichsmöglichkeiten, wie sich andere in Schuldingen verhalten. Ich hab's hingenommen. Was das aber hieß, habe ich erst im Gespräch mit Christine und dir mitgekriegt."

Jonas schüttelte fassungslos den Kopf.

„Und wie kam es zu dieser Einweisung?", fragte er vorsichtig.
„Keine Ahnung."
Er sah sie an.
„Hm?"
„Ich weiß es nicht", erklärte sie, „es hieß nur, zieh dich anständig an. Wir kriegen Besuch. Du wirst mit ihnen mitfahren. Ich sollte einige Dinge in meine Reisetasche packen und mehr wusste ich nicht."
„Moment mal", Jonas versuchte zu verstehen, „deine Eltern haben dir nicht gesagt, wer das ist, wohin du gebracht werden sollst und was überhaupt Sache ist?"
Anabelle nickte.
„Ich wusste nicht einmal, was der konkrete Anlass für den Schritt war. Mit Frau von Zurbriggen hab ich mich ständig gefetzt."
Jonas schwieg sprachlos.
„Jetzt verstehe ich einiges."
Anabelle sah ihn fragend an.
„In deinem Bericht aus der Klinik stand etwas von starrsinnigem Verhalten, wiederholtem Äußern des Wunsches nach Kontaktaufnahme. Du wolltest deine Eltern anrufen, oder?"
Sie nickte.

„Ich wollte wissen, warum ich in dieser Klinik bin, wieso die mich mit Psychopharmaka vollpumpen und mir niemand sagt, was los ist."
Er schnaufte. Er brummte etwas vor sich hin.
„Was?"
Er sah sie an und schmunzelte kurz.
„Ich sagte, ich hasse diese Psychofuzzis. Aber das darf ich vor Christine nicht laut sagen."
Anabelle lächelte ebenfalls.
Er deutete mit dem Kopf zurück auf den Weg. Sie setzten ihren Spaziergang fort.
„Wie bist du eigentlich an deine Arbeit auf dem Hof gekommen?"
Jonas sah sie an.
„Eigentlich durch einen Zufall." sagte er. „Ich hab mich eines Nachmittags gelangweilt und ein bisschen im Internet gestöbert nach Jobangeboten. Ich war mit meiner alten Stelle schon lange nicht mehr zufrieden. Sicherheitsdienst als Aushilfe. Da ist mir die Annonce der Einrichtung aufgefallen. Sie haben einen männlichen Betreuer für mitunter schwierige Kids gesucht. Die Stellenbeschreibung hat mir gefallen. Ich bin am nächsten kurzerhand hin und hab mich bei Christine vorgestellt. Sie fand die direkte Art gut. Außerdem wohl auch, dass ich mir von Mike nichts habe sagen lassen.

Der wollte mich nämlich schon vor meinem Gespräch wieder vom Hof jagen."

Anabelle schmunzelte. Typisch Mike.

„Tja, und seitdem haben mich die Kids an der Backe."

„Ich bin auch eins von diesen Kids."

Jonas sah sie an.

„Sorry, vergessen."

Für einen Moment hatte er wirklich vergessen, dass Anabelle keine Kollegin oder Bekannte, sondern einer von seinen Schützlingen war.

Er wies auf einen alten großen Baum am Wegrand, der unter seiner ausladenden Krone Schatten spendete. Hinter ihm zog sich ein Getreidefeld den Hang hinauf.

„Setzen wir uns? Ich bin zu faul zum Weiterlaufen."

Anabelle war einverstanden.

Er lehnte sich neben sie an den Baum. Er schloss die Augen. Anabelle betrachtete ihn unbemerkt. Jonas wirkte entspannt, anders als manchmal auf dem Hof. Sie schwiegen.

„Kommen die auch mal wieder?"

Coco hatte noch immer schlechte Laune. Mittlerweile war es vier Uhr nachmittags geworden und vom Auto war noch immer nicht die leiseste pur zu sehen.

„Wenn sie fertig sind", erwiderte Christine genervt. „Jetzt mach erstmal deine Arbeit hier fertig. Dann werden sie schon irgendwann kommen."

„So lange würde ich nie zum Einkaufen brauchen", murmelte Coco vor sich hin.

„Nein, du würdest alles in einer Minute fertig haben", schnappte Christine. „Jetzt ist Ruhe! Ich hab keine Lust mehr, deine blöden Kommentare zu hören."

Pam verkniff sich ein Grinsen.

Wenn Coco noch ein bisschen weiter maulte, würde es heute Abend noch einen riesigen Krach mit Christine geben. Die beiden nahmen sich nichts. Das würde selbst Mike Konkurrenz machen.

„Christine?"

Die Leiterin sah zu Pam hinüber.

„Ich geh neue Eimer holen, meiner ist voll und bei den anderen sieht's nicht besser aus."

Christine nickte.

„In Ordnung, nimm die alten gleich mit."

Judy machte sich auf den Weg. Sie leerte ihren Eimer im Stall in die große Kiste und platzierte anschließend leere Eimer am Stalleingang. Schnell huschte sie ins Haus hinüber, um etwas zu trinken. Die Sonne war echt heiß heute und die ganze Zeit auf dem Feld herumzukriechen, war anstrengend. Elvira hatte in weiser Voraussicht Kannen mit Wasser aufgestellt.

„Langsam, langsam", lachte sie, als sie Pam hastig trinken sah, „ist genug da. Brauchst dich nicht beeilen."

„Ich hab Durst", grinste Pam, „das ist so heiß draußen."

Die Köchin nickte.

„Wann kommen denn Anabelle und Jonas wieder?"

Vielleicht war ja aus der Köchin mehr rauszukriegen als aus Christine.

„Wenn sie fertig sind. Hab gehört, es gibt kleine Probleme. Aber das kriegen die schon hin."

Sie stieß Pam mit der Schulter an, so dass das Mädchen einen Schritt zur Seite machte.

„Verrat's den anderen noch nicht. Egal ob die heute da sind oder nicht. Wir feiern. Ich hab Pizza gemacht."

Pam strahlte. Das war doch mal ne Motivation.

„Aber Klappe halten."

Pam nickte.

„Keine Sorge." Sie machte sich auf den Rückweg. Gut gelaunt verteilte sie die leeren Eimer. Coco sah auf.

„Was ist denn mit dir los?", fragte sie. „Hast du Jonas getroffen oder was?"

„Nein", grinste Pam, „aber durchaus andere Motivation bekommen."

Christine sah zu ihnen hinüber. Sie wischte sich eine Strähne aus dem Gesicht.

„Was?!"

Jonas war aufgeschreckt, als Anabelle ihn an der Schulter berührt hatte.

„Du bist eingeschlafen", grinste sie. „Du hast angefangen zu schnarchen."

Jonas rieb sich die Augen. Dann sah er sie an. Er grinste.

„Sorry, alte Männer brauchen Mittagsschlaf."

„Alte Männer", ulkte Anabelle, „was soll den da Elvira sagen?"

„Sie ist kein Mann."

„Aber älter als du."

„Anzunehmen."

Er streckte sich.

„Wie spät?"

„Halb drei."

Er sah sich in der Gegend um.

„Eigentlich gemütlich hier." sagte er. Er beobachtete einen Hund, der hechelnd an seiner Leine vorwärts zog. „Der erhängt sich gleich selber."

„Bei dem Herrchen würde ich das als Hund auch."

Jonas musterte den Mann.

Ziemlich ungepflegt, dachte er, fleckige Hose, ein ausgewaschenes Hemd und ein Bier in der Hand.

Er nickte zustimmend.

„Wem gehört Coco eigentlich?"

„Unser Fellknäuel?"

Anabelle nickte.

„Christine so viel ich weiß. Coco war schon da, als ich kam."

Jonas Augen schlossen sich wieder.

„Hey, nicht wieder einschlafen."

Er seufzte.

„Ich bin gerade so richtig schön groggy."

„Und ich sitz hier dumm rum."

„Döse doch auch ein wenig." Er drehte sich leicht. „Lehn dich an mich. Mach die Augen zu. Spätestens, wenn's dunkel wird, werden wir schon wieder wach sein."

Anabelle wollte ablehnen, doch sie hielt inne. Stattdessen lehnte sie sich mit dem Rücken gegen seine Schulter. Jona legte leicht den Arm um sie.

„Wenn ich zu laut schnarche, weck mich", schmunzelte er mit geschlossenen Augen. Anabelle hielt still. Es war seltsam, so mit Jonas zu sitzen. Aber schön. Sie dachte an die Mädchen. Coco würde sie erschlagen, wenn sie mitbekäme, was passierte, und Judy und Pam würden sich in ihrer Annahme bestätigt sehen, dass Jonas mit ihr flirtete oder das etwas anderes zwischen ihnen lief.

Flirtete Jonas mit ihr? Nein, er war freundlich, aber mehr nicht. Ok, dass sie hier so saßen, war vielleicht nicht alltäglich, aber es hatte auch nichts zu bedeuten. Sie machten eine kurze Pause. Mehr nicht.

Jonas sah hinunter. Anabelle war eingeschlafen. Er schmunzelte. Von wegen, er schnarchte. Sie schnaufte wie ein kleines Pferdchen vor sich hin. Er lehnte am Stamm der dicken Weide und sah zum See. Der Tag war merkwürdig. Nicht nur, dass es sein Geburtstag war und er ab heute, dank der Vorsorge seiner Eltern, ein gutes finanzielles Polster im Hintergrund hatte. Seinen Geburtstag konnte er wie üblich gut verdrängen. Aber dass er ihn mit Anabelle verbrachte, noch dazu auf eine sehr fröhliche Art und Weise. Sonst verliefen diese Tage anders. Meist redete er Liz stundenlang darüber, was damals passiert war. Der Einbrecher war nie gestellt worden. Irgendwann hatte die Polizei die Ermittlungen eingestellt. Es gab keine Zeugen. Die einzige, die etwas gesehen hatte, die ältere Nachbarin, war inzwischen ebenfalls verstorben. Liz war zum Studium weggegangen, er hatte mal hier, mal dort gearbeitet. Das Haus war verkauft worden. Er hatte Liz den Großteil für das Studium überlassen.

Heute jedoch machte es ihm teilweise sogar Freude, an die vergangene Zeit zu denken. Nicht an die Nacht des Mordes, aber an die Kinderzeit, die er und Liz zusammen verbracht hatten. Er hatte Anabelle in der Stadt viel davon erzählt. Ihm waren Situationen eingefallen, die er für lange Zeit vergessen hatte. Wie die Sache mit Liz' erstem Freund und der kleinen Prügelei. Sie waren damals 12 gewesen. Überhaupt hatte er Anabelle heute viel von sich erzählt. Er sah zu ihr nach unten. Warum tat er das? Er ging doch sonst auch nicht mit seiner Lebensgeschichte hausieren. Aber Anabelle hatte eine Art zuzuhören, die ihn reden ließ. Sie war eine angenehme Zuhörerin. Sie

fragte selten nach, ließ ihn reden. Sie drängte ihn nicht etwas preiszugeben. Sie wartete darauf, was er ihr zu erzählen bereit war.
Jonas lächelte. Nein, Liz, dachte er, du hast nicht recht. Er wusste, dass sie Recht hatte. Vor einigen Tagen hatte er wieder einmal mit ihr in der Mittagspause im Unterrichtsraum gesessen und geredet. Sie hatte währenddessen einige der Kunstarbeiten der Mädchen aufgestellt. Sie hatten sich über die Entwicklung der vier Mädchen unterhalten. Irgendwann hatte Liz ihn angesehen und geschmunzelt. Ob er wisse, wie das klänge? Was klänge? Seine Worte. Nein, wie? Als ob er schwer begeistert sei. Begeistert? Oder verliebt. Er hatte seine Stiefschwester angesehen und ihr einen Vogel gezeigt. Sie wisse, dass er mit dem Thema durch sei. Wisse sie, aber es habe so geklungen. Überhaupt, in wen? Anabelle. Anabelle? Anabelle.
Er hatte lange über ihre Worte nachgedacht. Er mochte Anabelle. Und er konnte nicht verstehen, wie es zu dieser verhängnisvollen Diagnose gekommen war, die man ihr anhängte. Aber sie war und blieb einer der Schützlinge des Camps. Obwohl sie nur wenige Jahre trennten…
Jonas schüttelte den Kopf. Dachte er tatsächlich darüber nach? Er lächelte leicht. Ja, schön, neulich

hatte er eindeutig an sie gedacht. Er hatte abends noch mit Mike zusammengesessen, um die neue Monatsplanung fertig zu kriegen und sie hatten dabei das eine oder andere Bier geleert. Als er schließlich nach oben gegangen war, war er ein wenig angetrunken gewesen. Nicht betrunken, aber entspannt beschwipst. Wie immer hatte das bei ihm eine einzige Reaktion. Er wurde heiß. Er hatte sich auf das Bett gelegt und irgendwie war ihm Anabelle in den Kopf gekommen. Er hatte an sie gedacht und sich gerieben. Es war angenehm gewesen sich ihre Lippen vorzustellen…
Er atmete tief. Mit dem Finger strich er über Anabelles Handrücken, der neben seiner Hand im Gras lag. Er wollte sie nicht wecken. Sie hatten Zeit. Elvira war in alles eingeweiht.
Elvira! Ihm fiel siedend heiß ein, dass sie noch einkaufen mussten. Sonst würden sie es schwer haben zu erklären, wo sie den ganzen Tag gewesen waren, zumindest gegenüber Christine und den anderen. Elvira würde sich wohl ihren Teil denken können und ihn in der nächsten Zeit den einen oder anderen zusätzlichen Kartoffelsack schleppen lassen, dafür, dass sie nichts sagte. Und Liz würde grinsen und ihren Bruder immer wieder darauf ansprechen. Vorsichtig drehte er Anabelles Handgelenk zu sich.

Halb vier. Sie hatten noch Zeit. Er lehnte seine Wange an ihren Kopf. Er würde warten, bis Anabelle aufwachte. Bis dahin genoss er einfach ihre Nähe.

Sie hatte ein wenig gemault, als sie schließlich aufgewacht war und festgestellt hatte, dass Jonas sie nicht geweckt hatte. Sie hatten sich erhoben und waren in Richtung Auto geschlendert. Jonas hatte sich in dem kleinen Wäldchen für einen Moment entschuldigt. Anabelle war weiter gegangen. Beim Pinkeln wollte sie ihm wahrhaftig nicht zusehen. Sie wartete am Auto. Jonas kam auf sie zu.

„Wir müssen noch einkaufen", sagte er, während er aus dem Kofferraum ein Desinfektionstuch nahm und sich die Hände säuberte.

„Stimmt", sie nickte. „Jetzt?"

„Ist besser", sagte er. „Dann haben wir das hinter uns."

Sie fuhren zu einem Hofladen. Wieder einmal gelang es Jonas durch gute Kontakte einen guten Preis auszuhandeln. Die 40kg Kartoffeln musste er dafür aber selbst zum Auto schleppen. Schnaufend hievte er sie in den Kofferraum.

„Du musst nicht mit anfassen", keuchte er.

„Hatte ich auch nicht vor." grinste Anabelle. „Elvira hat mir verboten, schwere Sachen zu heben."

„Hm", machte Jonas. Das wusste er. Für die schweren Sachen waren die Jungs zuständig. Oder er.

„Was stand noch auf der Liste?"

„Hundefutter und Karotten."

Zehn Minuten später lag ein großer Sack Karotten auf den Kartoffeln.

„Wo kriegen wir jetzt Hundefutter her?"

Jonas trank einen Schluck, ehe er antwortete.

„Supermarkt", sagte er, „Coco muss eh auf Diät."

„Der Hund", grinsten beide los.

Sie fuhren weiter. In einem Supermarkt stellten sie eine bunte Palette Hundefutter zusammen. Unbemerkt schmuggelte Anabelle noch einen Kauknochen dazu. Coco sollte ja auch nicht leben wie ein Hund.

Sie verstauten den Einkauf im Auto.

„So, Pflichtprogramm ist erledigt." sagte Jonas.

„Zurück?", fragte Anabelle. Sag nein, Jonas!

„Jetzt schon?", fragte er wenig begeistert. „Ich dachte, wir lassen uns noch ein wenig Zeit, sonst muss ich doch noch feiern."

„In Ordnung."

Erleichtert ließ sie sich in den Wagen sinken.

Jonas setzte sich neben sie.

„Und wohin nun?"

„Du kennst dich hier besser aus."

Er überlegte einen Moment.

Dann nickte er.

„Ok." Er startete den Wagen.

Anabelle wunderte sich ein wenig, als sie in einer ruhigen ländlichen Gegend vor einigen Einfamilienhäusern hielten. Sie sah sich um. Hier war nichts, was sie kannte. Fragend sah sie zu Jonas hinüber. Er war ausgestiegen. Sie folgte ihm. Ruhig schloss er den Wagen ab und kam um das Auto herum.

Er nahm ihre Hand und ging mit ihr auf die andere Straßenseite. Anabelle war verwirrt. Seine Hand fühlte sich warm an, sein Griff sicher und fest. Sie gingen an zwei Grundstücken vorüber und blieben schließlich vor einem Haus am Waldrand stehen. Anabelle betrachtete das Gebäude.

Jonas atmete tief.

Sie sah ihn an.

„Wo sind wir?"

Er senkte den Blick auf sie herab.

„Am Wohnhaus meiner Eltern."

Anabelle schluckte. Hier hatte vor Jahren also der Einbruch und die Ermordung seiner Eltern stattgefunden. Sie sah noch einmal zum Haus hin. Eigentlich sah es ganz friedlich aus. Nichts deutete auf die schreckliche Vergangenheit hin. Sie sah ihn an. Jonas blickte starren Auges zum Haus. Vorsichtig verstärkte sie den Druck ihrer Hand. Jonas sah auf. Er schnaufte leise.

„Es ist acht Jahre her." sagte er.

Anabelle bemerkte, dass er schluckte. Ob es eine gute Idee war, wusste sie nicht. Sie umarmte ihn. Jonas zog sie an sich und hielt sie fest. Sein Kopf lag an ihrem. Wortlos standen sie einige Zeit vor dem Haus.

„Lass uns fahren", sagte er. Sie gingen zum Auto zurück. Anabelle setzte sich. Jonas wollte den Wagen starten. Sie hielt ihn zurück.

„Warum zeigst du mir das?"

Jonas vermied ihren Blick.

Er wusste es nicht. Er hatte gewollt, dass Anabelle den Ort kannte, an dem es passiert war. Seit Jahren war sie die Erste, mit der er über das Erlebnis geredet hatte. Außer Liz und der Polizei war damals niemand daran interessiert gewesen, was in seinem Inneren vor sich ging.

„Wann warst du das letzte Mal hier?"

„Als wir das Haus verkauft haben." Seine Stimme wirkte ein wenig brüchig. Er räusperte sich. „Vor sechseinhalb Jahren etwa."

„Und warum heute?"

Er zuckte mit den Schultern. Anabelle rang mit sich. Eine Frage hatte sie noch.

„Hast du ein Bild von ihnen?"

Jonas hob den Kopf und sah sie an. Dann zog er seine Brieftasche heraus und zog zwei Fotos heraus. Sie waren alt und abgegriffen.

Anabelle besah sich die beiden Bilder. Auf dem einen stand eine Familie genau vor diesem Haus. Liz konnte man deutlich erkennen, Jonas ebenso. Die Erwachsenen mussten ihre Eltern sein. Sie sahen nett aus. Auf dem zweiten Foto lächelte eben dieses Paar in die Kamera. Sie schienen glücklich.

„Die Fotos sind drei Tage vor ihrem Tod gemacht worden." sagte er, während er zur Frontscheibe hinaussah. Sie reichte ihm die Bilder zurück. Er ließ sie in seinem Portemonnaie verschwinden.

Anabelle schwieg.

„Ich weiß nicht, warum ich dir das alles zeige und sage", erklärte er ohne sie anzusehen.

Anabelle sah ihn schweigend an.

Er hob den Kopf und zog ein wenig die Nase hoch. Er sah sie an.

„Lass uns fahren", sagte er. Er startete den Motor. Anabelle sah zum Fenster hinaus. Sie brauchte Zeit zum Nachdenken.

Sie waren in einem kleinen Gasthof essen gewesen. Anabelle hatte keinen rechten Appetit. Sie war noch satt von der Pizza, außerdem lag ihr das Erlebte am Haus seiner Eltern noch auf dem Magen. Sie aß lediglich einen Salat mit Hühnchen. Sie betrachtete ihn, während er aß und sie über die Einrichtung sprachen. Er wirkte wieder ganz so, wie sie ihn kannte. Und doch wusste sie, dass sich dahinter eine große Traurigkeit verbarg. Seltsamerweise machte das Jonas ihr noch sympathischer. Außerdem hatte sich ihre Einstellung zu Liz geändert. Bisher war sie einfach nur eine nette Lehrerin gewesen. Ab sofort war sie Jonas' Schwester und eine Verbündete im Geheimnis um seine Eltern.
In einer Ecke des Gasthofes spielten einige Männer lauthals Karten. Immer wieder wurde Anabelle von ihren lauten Rufen abgelenkt.
Jonas stieß sie mit dem Knie an.
„Oder?"
„Sorry, was?"

Er lächelte.

„Wir sollten uns ein bisschen Spaß heute Abend gönnen. Schließlich habe ich Geburtstag." wiederholte er.

Sie nickte.

„Einverstanden. Wie?"

„In einem Ort hier in der Nähe ist Kirmes. Lust hinzugehen?"

„Klar." Anabelle war begeistert. Sie war das letzte Mal als kleines Mädchen auf einem Rummelplatz gewesen.

Jonas lächelte.

„Gut", sagte er. „Dann lass uns zahlen."

„Ja-ha."

Coco verdrehte die Augen.

„Ist ja auch cool, dass Elvira Pizza gemacht hat. Aber langsam könnte er echt mal wieder kommen."

Judy schmunzelte.

„Wenn man auf etwas wartet, kriegt man es nicht. Hat meine Oma immer gesagt."

„Toll", machte Coco brummig, „deine Oma interessiert mich jetzt auch echt ganz doll."

„Maul mich nicht an, ich kann nichts dafür, dass Jonas nicht da ist." gab Judy giftig zurück. Sie sah zu Pam hinüber. „Wie hältst du das auf einem Zimmer aus?"
Pam lächelte leicht.
„Meistens ist Jonas ja da." sagte sie diplomatisch.
Judy nickte wissend.
Coco ließ den Vorplatz des Hauses nicht aus den Augen. Elvira schubste sie mit ihrer breiten Hüfte an.
„Hilf mal lieber statt zu maulen. Dann vergeht die Zeit auch schneller."
Coco erhob sich brummig. Elvira grinste.

Es herrschte reger Andrang. Jonas hatte das Auto in einiger Entfernung zum Festplatz geparkt. Sie waren der Menschenmasse gefolgt. Vor der langsam einsetzenden Dunkelheit strahlten die Lichter der Fahrgeschäfte noch einmal so hell.
Sie ließ ihren Blick über den Festplatz schweifen. Sie erinnerte sich, wie ihr Vater sie einmal zu einem seiner Termine mitgenommen hatte, und wie sie anschließend an einem Rummel vorbeigekommen waren. Er hatte es ihr nicht abschlagen können, dorthin zu gehen. An seiner Hand war sie durch das Gewühl von Menschen

und Ständen gegangen, durfte Ponyreiten und Karussell fahren, Zuckerwatte essen und schließlich mit einem großen Stoffkrokodil nach Hause gehen.

Jonas betrachtete sie. Anabelles Augen strahlten begeistert. Er lächelte. Sie schlenderten zwischen den Ständen hindurch. Er deutete auf eine Gondel, die um die eigene Achse geschleudert wurde.

„Du kriegst du mich aber nicht rein", sagte er und beugte sich ein wenig zu ihr hinüber, damit sie ihn verstand, „sonst hätten wir vorher nicht essen gehen müssen."

Anabelle lächelte.

„Ich muss auch nicht unbedingt. So was ist mir lieber."

Sie deutete auf das Riesenrad am Ende des Platzes.

Er nickte.

Er spendierte ein Los.

„Und?"

„Niete."

„Ich auch."

Er zuckte mit den Schultern.

„Kennst du das da?"

Anabelle sah in die gewiesene Richtung.

„Nein, was ist das?"

„Galopprennen", stand über dem Stand.

„Das ist ein Wettkampfspiel. Du musst so oft es geht, in den Basketballkorb treffen. Alle 9 Spieler spielen gleichzeitig. Wer am besten trifft, dessen Pferd ist am schnellsten im Ziel. Lust?"

Sie traten an den Stand heran und beobachteten das laufende Rennen. Ein Junge lag einsam an der Spitze.

„Wir haben unseren Sieger", kommentierte der Schausteller, als die Glocke des Sieges ertönte, „na dann, junger Mann, die freue Auswahl."

„Beachtlicher Gewinn" staunte Jonas, als der Junge mit einem niegelnagelneuen Handy davonzog.

„So, auf zur nächsten Runde. Wer will nochmal, wer hat noch nicht."

Jonas gab Anabelle einen kleinen Schubs gegen den Rücken. Er nickte ihr zu. Dann bezahlte er für zwei Spielplätze.

Anabelle war sich nicht sicher. Sie hatte superselten im Camp Basketball gespielt.

„Die neue Runde: Sie startet in 3 -2- 1- jetzt!"

Sie warfen. Jonas Pferd setzte sich in Bewegung. Das war gemein, er hatte Übung. Anabelles Pferd lag im Mittelfeld. Jonas grinste zu ihr herüber.

„Wo bleibst du denn?"

Anabelle traf dreimal hintereinander. Ihr Pferd holte auf.

„Hey, so war das auch nicht gemeint."

Er versuchte sich zu konzentrieren. Zwei Pferde zogen an ihm vorbei. Eines davon war Anabelles.

„Ein Kopf – an – Kopf – Rennen", hörte er den Schausteller, „und unser Schnellstarter schwächelt ein bisschen." Damit war wohl er gemeint.

Die Glocke erklang. Jonas sah auf.

„Besiegt von einem rosa Gaul", meinte er grinsend. „Und das an meinem Geburtstag."

Anabelle grinste.

„Die junge Dame ist gut. Freie Auswahl."

Sie sah sich um.

„Hm…"

Sie hatte etwas entdeckt.

„Jonas? Ich weiß noch nicht, was ich nehmen soll. Kannst du mir in der Zwischenzeit was zu trinken kaufen?"

Er nickte.

„Klar, was denn?"

„Limo oder so."

Er verschwand in der Menge. Anabelle vergewisserte sich, dass er sie nicht mehr sah. Dann deutete sie auf einen Kasten in ihrer Nähe.

„Das da bitte."

Der Schausteller lächelte.

„Wohl für den jungen Mann, hm?" zwinkerte er ihr zu.

„Er hat Geburtstag", lächelte Anabelle zurück.

„Neutraler Karton?", fragte er. Anabelle nickte grinsend. Er ließ den Kasten in einen größeren weißen gleiten, welchen er wiederrum in eine Tüte packte.

„Na, dann viel Spaß." Er grinste breit. „So meine Herrschaften, die neue Runde fängt an."

Anabelle kämpfte sich aus dem Gewühl und trat ein paar Schritte zur Seite. Sie winkte Jonas, als er mit zwei Cola zurückkam.

„Und", fragte er und deutete auf ihre Tüte, „was gefunden?"

Sie nickte nur. Sie nahm ihm die Cola ab und trank. Großen Durst hatte sie nicht, aber sie hatte ihn ablenken müssen.

„Zum Riesenrad?"

Anabelle nickte.

„Du wirst heute ganz schön viel Geld los", stellte sie fest, als sie nach Tickets anstanden. Jonas winkte ab.

„Egal. Wenn ich's nicht könnte, würde ich es nicht tun. Außerdem hab ich ja ne nette Begleitung." Er zwinkerte ihr zu. Anabelle lächelte. Auch wenn er nur nett sein wollte, sie freute sich über seine Worte.

„Hab ich dir schon mal die Geschichte mit dem Riesenrad und Liz erzählt?"
Sie schüttelte den Kopf.
„Wir waren mit Freunden auf der Kirmes. Unter anderem sind wir auch Riesenrad gefahren. Wie das so ist, am Abend haben manche schon ein bisschen was getrunken. Über uns hat eine Gruppe gejohlt und gerufen. Typische Teenie-Sprüche halt. Einer hat sich über die Brüstung der Gondel gelehnt. Dabei muss ihm wohl übel geworden sein. Auf jeden Fall hat er Liz von oben voll in den Ausschnitt gekotzt."
Anabelle verzog angewidert das Gesicht.
„Seither krieg ich sie in kein Riesenrad mehr rein."
Er zwinkerte ihr zu. „Also, Ausschnitt zuhalten, wenn wir fahren."
Anabelle schmunzelte.
Jonas bezahlte die beiden Tickets und sie traten ein wenig beiseite, um auf die nächste freie Gondel zu warten. Der junge Mann am Einlass sah sie an. Er grinste.
„So, bitte, einsteigen."
Er ließ Anabelle und Jonas in die runde Gondel. Dann schloss er sie.
„Kleinen Moment." sagte er zu den Wartenden in der Schlange. Die Gondel setzte sich in Bewegung. Die nächste Gondel leerte und füllte sich.

Langsam näherten sie sich dem obersten Punkt des Rades.

„Schön hier."

Anabelle sah sich um.

„Hm."

Jonas sah sie an. Nein, das war verrückt. Er atmete tief.

Anabelle lenkte den Blick zu ihm.

„Alles ok?"

Er nickte.

Er zog sie neben sich.

„Weißt du", sagte er und legte wie beiläufig seinen Arm hinter sie auf die Gondelbrüstung, „irgendwer hat mir mal gesagt, dass es Glück bringen soll, wenn man vom Riesenrad einen Cent wirft."

„Glaube ich nicht", schüttelte sie den Kopf, „jedenfalls nicht dem, der die Münze unten abkriegt."

Er grinste. Mit Anabelle locker zu reden war gar nicht so einfach.

Die Gondel schaukelte. Jonas zog sein Handy aus der Tasche. Er hielt es auf Augenhöhe vor sie beide.

Er besah sich das Bild. Dann zeigte er es Anabelle.

„Hm", machte sie.

„Ich find's gut."

„Ich mag mich nicht auf Fotos."
„Wieso?"
„Ich mag's einfach nicht."
Er ließ das Handy wieder in der Hosentasche verschwinden.
„Ich behalte es trotzdem", lächelte er, „als Andenken an einen schönen Geburtstag."
Anabelle lächelte.
Sie spürte seinen Arm hinter ihrem Rücken. Seine Finger lagen an ihrem Oberarm. Sie lehnte sich leicht gegen ihn, als das Riesenrad sich in Bewegung setzte. Jonas schnaufte leise. Das wäre der perfekte Moment sie zu küssen gewesen…

Es klopfte. Judy hob den Kopf.
„Ja?"
Die Tür zu ihrem Zimmer öffnete sich.
„Hey", sagte Pam leise.
„Hey", antwortete Judy überrascht. „Was machst du denn noch hier? Pass auf, dass Mike dich nicht erwischt."
„Schlimmer als Coco kann's auch nicht werden", gab die Freundin zurück, „du hast doch noch n zweites Bett hier. Kann ich bei dir pennen?"
Judy grinste.

„Klar. Geht dir Coco so auf den Zeiger?"

„Das ist noch untertrieben", brummte Pam und schloss die Tür hinter sich, „die mault nur noch. Ich konnte sie vorhin nur knapp davon abhalten, dass Geschenk für Jonas in tausend Stücke zu reißen."

„Die Jungs hätten sich bedankt, wenn sie umsonst Geld gegeben hätten."

Pam nickte.

„Die ist voll stinkig. Anabelle kann sich morgen auf was gefasst machen. Sind die eigentlich schon wieder da?"

Judy zuckte mit den Schultern.

„Keine Ahnung. Ich hab nichts gehört."

„Irgendwie ist das schon seltsam", sagte Pam, „so lange können die doch nicht einkaufen sein. Ich meine, die Geschäfte sind doch auch schon zu."

Judy nickte.

„Ja, hab ich auch schon gedacht. Aber vielleicht ist irgendwas."

„Was denn?"

„Keine Ahnung. Vielleicht hatten sie eine Panne. Immerhin ist Elviras Auto nicht mehr das Neueste. Oder sie hatten einen Unfall."

Pam wirkte erschrocken.

„Meinst du?"

„Könnte sein."

Pam sah zur Tür.

„Meinst du, ich sollte Mike nochmal fragen?"

Judy schüttelte den Kopf.

„Besser nicht", sagte sie, „der ist soundso schon auf 180 wegen Coco. Wir warten besser bis morgen, dann sind die beiden wieder da und Anabelle kann es uns aus erster Hand erzählen. Dann dichtet wenigstens keiner was dazu."

Pam nickte.

„Gute Idee."

Die Zimmertür öffnete sich.

„Was machst du noch hier?"

Pam hob die Hände.

„Bitte, kann ich hier pennen. Coco ist nicht auszuhalten."

Mike sah sie an.

„Ausnahmsweise", brummte er, „die Zicke hält kein normaler Mensch aus." Die Tür schloss sich wieder. Judy und Pam grinsten sich an.

Der Angestellte des Riesenrads zwinkerte ihnen zu, als sie es verließen. Anabelle runzelte die Stirn. Was sollte denn das heißen? Jonas lotste sie zu einem Häuschen mit Kuscheltieren, die es mit einem Greifer zu erhaschen galt. Er sah sich in den verschiedenen Boxen um.

„Hm", machte er, „Anabelle, sag mir mal, welches ich Liz mitbringen soll?"
Sie suchte ebenfalls.
„Wie wär's damit?"
„Die Krake?"
„Nein", Anabelle grinste, „den Teddy mit dem Herz."
„Hm", machte er nicht überzeugt.
„Dann diese hier."
„Die Robbe da ist niedlich."
Er versuchte sein Glück. Nach dem vierten Versuch plumpste das Stofftier in die Ausgabe.
„Ha, geschafft!" Triumphierend hielt er das Tier hoch. „So schnell war ich noch nie. Willst du auch mal. Komm, wir machen einen Wettstreit. Jeder hat drei Versuche. OK?" Er drückte ihr drei Münzen in die Hand. „Sag Bescheid, wenn du fertig bist und wir loslegen können.
Anabelle sah sich um. Schließlich entschied sie sich für eine Box im hinteren Teil.
„Ok."
„Gut, dann los."
Anabelle warf das Geld ein. Sie fischte nach einem Wellensittich. Und verlor ihn auf halber Strecke. Beim zweiten Versuch gelang es ihr, das Tier herauszubekommen.
„Und?", fragte Jonas.

„Einen Versuch habe ich noch", antwortete sie.
„Wie viel Tiere?"
„Eins."
„Mist. Gleichstand."
Anabelle gelang die erfolgreiche Bergung einer Eule, auf deren Brust fett „Hetz mich nicht" stand. Die würde sie Elvira schenke. Das passte. Sie schlenderte zu Jonas hinüber.
„Und?" Er besah ihre Ausbeute. „Unentschieden. Ich hab auch zwei. Einen Hund und einen Vogel."
„Den hast du, das stimmt", rutschte es Anabelle heraus.
„Du bist wieder mal überaus charmant", grinste Jonas und verdrehte die Augen.
„Zu dir doch immer."
Er sah sie an.
„Lassen wir das Thema", sagte er. Er verstaute die Stofftiere in der Tüte. „Und nun?"
Sie schlenderten weiter. Anabelle machte Jonas auf eine kleine Bude zwischen zwei Fahrgeschäften aufmerksam. Eine ältere Frau saß darin, vor sich auf dem kleinen Tresen eine breite Schachtel mit Papierlosen und zwei Tauben. Die ältere Frau sah die beiden aufmerksam an, als sie sich ihrem Stand näherten.
„Guten Abend", sagte sie, „möchten Sie einen Blick in die Zukunft werfen?"

„Wie geht das?" Anabelle sah die Frau an. Jonas versuchte eine der beiden Tauben davon abzuhalten, ihn anzupicken.
„Sie wählen einfach eine Taube aus und lassen sich eine Voraussage ziehen", erklärte die Schaustellerin, „das ist alles."
Anabelle sah Jonas an.
„Spendierst du mir das?"
Er nickte.
„Wenn du mir dieses ... diese Taube mal vom Leib hältst."
Die Frau strich dem Tier über das Gefieder. Sie ließ von Jonas ab. Er zahlte.
„Ich nehme den kleinen aufdringlichen." sagte Anabelle schmunzelnd.
„Das ist Coco."
Anabelle grinste.
„Jetzt weiß ich, warum die dir so auf der Pelle hängt."
Auch Jonas musste lachen. Der Vogel konnte sich nicht entscheiden. Schließlich zog er ein Kärtchen zu seinen Füßen.
„Du auch."
„Ach…"
„Komm schon."
„Na gut."
Ihn amüsierte ihre Begeisterung.

„Aber ich nehme die ruhige Vertreterin hier."
„Liz, Christine, Flora, Elvira…", mutmaßte Anabelle flüsternd.
„Das ist Belle."
Jonas grinste breit. Er sagte nichts.
„Ok, kein Kommentar", grinste auch Anabelle.
Belle war zielstrebiger. Sie pickte Coco in die Füße und zog eine Karte heraus. Die zweite Taube drehte ihr den Rücken zu.
Sie traten ein paar Schritte in einen ruhigen Winkel neben den Fahrgeschäften beiseite.
„Lies vor."
Anabelle öffnete ihre Karte.
„Eine Überraschung wird Ihr Leben verändern."
„Klingt doch gut."
Sie nickte.
„Und bei dir?"
„Vertrau niemals einer Taube." Er grinste. „Nein, hier steht: Folge deinem Herzen und nicht nur deinem Verstand."
„Uih."
Jonas las den Text zweimal. Sollte er an Zufall glauben? Das passte zu seiner Situation wie die Faust aufs Auge. Und Anabelles Karte sprach auch das aus, was ihr – so hoffte er – bevorstand. Wenn alles klappte. Ob Elvira schon Antwort hatte?

„Na, dann folge mal." Sie grinste.

„Dir oder meinem Verstand?" Jonas biss sich auf die Zunge. Das hatte er eigentlich gar nicht sagen wollen.

Anabelle sah ihn für einen Moment verwirrt an.

„Mir zum Auto", sagte sie dann. Er nickte. Auf dem Weg zum Ausgang kauften sie sich noch eine kleine Tüte gebrannte Mandeln und einen Kandisapfel.

„Wir sind ganz schön beladen", sagte Jonas, als er die Tüte im Kofferraum verstaute und Anabelle auf dem Beifahrersitz ihren Apfel knapperte, „hoffentlich schafft Elviras Auto das auch über den Berg."

„Notfalls helf ich schieben. Ich kenn das schon. Wir brauchen nur doppelt so lange." Er warf die Heckklappe zu und setzte sich neben sie.

„Der Tag war schön", sagte er nachdenklich, „auch wenn einige ruhige Momente dabei waren. Aber es war einer der schönsten Geburtstage seitdem."

Anabelle lächelte.

„Gut", sagte sie, „was anderes hast du nämlich nicht verdient."

Jonas lächelte gerührt.

„Danke."

Er nahm ihr den Stab ihres Apfels ab und brachte ihn zum nächsten Mülleimer.
„Anabelle?"
„Hm?"
Sie sah auf.
„Ich hab keine Lust zurückzufahren."
Sie lächelte.
„Aber langsam sollten wir uns da wieder sehen lassen." gab sie zu bedenken. Er nickte. Er setzte sich und startete den Motor. Sie fuhren schweigend aus dem Ort heraus. Auf der Landstraße war wenig Verkehr.
Anabelle unterdrückte ein Gähnen.
„Müde?"
„Ein wenig geschafft."
„Dabei hattest du heute einen ausgedehnten Mittagsschlaf", grinste er.
Anabelle verzog den Mund.
„Schön, dass du mich daran erinnerst. Warum hast du mich eigentlich nicht geweckt?"
„Warum hätte ich das tun sollen?"
„Weil ich schlafen kann, wenn ich Camp bin."
„Mich hat es nicht gestört, ich hab nachgedacht."
Er setzte den Blinker und fuhr rechts ran. Er zog das Handy aus der Tasche.
Anabelle sah ihn an.

„Hey. Ich dachte schon, ihr seid verloren gegangen."

Elvira klang noch ziemlich wach.

„Nein, alles ok", sagte Jonas. „Dein Auto hat nur leichte Schwierigkeiten, mit all der Ladung vorwärts zu kommen."

„Ja, das hat es manchmal", sagte sie leichthin. „Wo seid ihr?"

„Auf dem Rückweg."

„War's schön?"

„Ja, war ein angenehmer Tag." Er sah zu Anabelle hinüber.

„Hier ist Kriegsalarm. Mike und Coco und Christine. Riesenstunk. Ich hab mich in den Anbau verkrümelt."

„Was ist passiert?"

„Ach", machte Elvira, „die Kleine ist wohl sauer gewesen, dass du nicht da warst und dass sie dir nicht gratulieren konnte. Hat alle angemault. Die Pamela ist sogar für heute Nacht zu Judy rüber."

„Na, da ist ja für Stimmung gesorgt. Hast du den anderen gesagt, wo wir sind?"

„Als es später wurde, habe ich gesagt, ihr hattet eine Panne mit meiner kleinen Nuckelpinne. Sie haben's mir ohne Weiteres geglaubt, dass ihr angerufen habt. Also verquatscht euch nicht."

„Keine Sorge, Elvira. Hab dir auch was mitgebracht."

„Hm, Arbeit, ich weiß."

„Das auch", grinste Jonas, „aber auch was für dich."

„Echt?"

Anabelle musste über die Begeisterung der Köchin schmunzeln.

„Ja. Wir packen morgen früh aus. Ok?"

„Alles klar. Dann bringt mal mein kleines Wägelchen heil heim zu mir."

„Machen wir. Gute Nacht."

„Gute Nacht", sagte Elvira, „und denk an das, was ich dir gesagt habe, Jonas."

Sie legte auf.

Fragend sah Anabelle ihn an.

„Was hat sie dir gesagt?"

Er überlegte.

„Keine Ahnung", sagte er, „ich frage sie morgen."

Er lehnte sich zurück.

„Die sind schlafen und wir müssen morgen vor dem Aufstehen zurück sein", fasste er ihre Situation zusammen, „noch Lust auf einen Spaziergang?"

„Jetzt?"

Es was stockdunkel draußen.

Er nickte.

„Ich pass schon auf dich auf."
Langsam nickte sie. Während Jonas den Wagen anließ, sah sie auf ihre Uhr. Halb zwölf. Das würde eine kurze Nacht werden.

Jonas parkt den Wagen auf dem verlassenen Parkplatz eines Landgasthauses. Anabelle folgte ihm ein wenig mulmig aus dem Wagen. Es war dunkel und die Gegend hier ziemlich abgelegen. Vielleicht war es doch keine so gut Idee gewesen, zuzustimmen. Sie mochte Jonas, aber…
„Du siehst aus, als hättest du Angst."
Sie sah ihn an.
„Ein wenig", gab sie zu.
„Warum?"
Sie sah sich um.
„Wenn du nicht willst, fahren wir weiter", bot er an.
„Nein, schon gut."
Sie wollte nicht wie ein kleines Mädchen klingen, das sich bei Dunkelheit vor dem bösen Mann fürchtete. Jonas lächelte.
„Wir gehen ein wenig, und wenn du zurück willst, brauchst du es nur sagen." stellte er klar.
„Einverstanden?"

Sie nickte. Jonas griff erneut, wie schon vor dem Haus seiner Eltern, nach ihrer Hand. Anabelle war ihm dankbar dafür. Sie fühlte sich sicherer. Sie gingen den angrenzenden Feldweg entlang. Anabelle stolperte zeitweilig über Unebenheiten im Boden. Sie sah nichts. Es war stockdunkel.

„Anabelle?"

Sie hörte seine Stimme.

„Ja."

„Warum machst du das eigentlich?"

Sie blieb stehen.

„Was?"

„Mich den ganzen Tag begleiten. Und jetzt hier."

„Du hast den Vorschlag selbst gemacht." wunderte sie sich.

„Ich weiß, aber warum bist du mitgekommen? Du hättest auch nein sagen können."

Sie war versucht, einen frechen Spruch von sich zu geben, wie er ihn von ihr gewohnt war. Stattdessen sagte sie ruhig:

„Weil ich nicht wollte, dass du an deinem Geburtstag alleine bist."

Sie spürte, dass er ein wenig zusammenzuckte.

„Warum nicht?"

Dass sie ihn nicht sehen konnte, ging ihr auf die Nerven.

„Weil ich nicht will, dass du an so einem Tag traurig bist", sagte sie in die Dunkelheit hinein.
„Und weil ich es schön fand."
Er schnaufte leise.
„Danke." Seine Stimme war merkwürdig rau.
Anabelle schwieg. Sie spürte, dass Jonas sie sanft zu sich zog. Seine Arme legten sich um sie. Anabelle schlang ihre Arme ebenfalls um seinen Oberkörper. Er schwieg.
Schließlich hob er den Kopf.
„Mein Geburtstag ist bestimmt schon vorbei", sagte er leise, „aber erfüllst du mir trotzdem noch einen Wunsch?"
„Welchen?"
Anabelle fühlte sich überrumpelt, als sich seine Lippen auf ihre legten. Dennoch wich sie nicht zurück. Sie erwiderte den Kuss zärtlich. Jonas seufzte. Er zog sie dichter an sich. Anabelle zitterte leicht. Was passierte hier?
Schließlich ließ er von ihr ab.
Sie hörte ihn atmen.
„Hör zu", sagte er schließlich, „wenn das eben… ich meine, wenn du… wenn ich dich eben …"
„Hm?", fragte sie.
„Bereust du den Kuss?"
Sie lächelte.
„Nein." sagte sie ehrlich. Sie hörte ihn aufatmen.

„Gut, ich auch nicht."
Er griff erneut nach ihrer Hand.
„Ich wollte das schon auf dem Riesenrad tun."
Überrascht sah sie in seine Richtung.
„Und diese Taube hat mich dann nochmal dran erinnert."
„Ich, hm?"
Sie schmunzelte.
„Belle", sagte er, „meine Schöne."
Anabelle war sich nicht sicher, wen er meinte.
„Ich meine dich." sagte er. Sie errötete. Diesmal war sie dankbar für die Dunkelheit. Sie gingen langsam zum Auto zurück. In der schwachen Außenbeleuchtung des Gasthofes blieb er stehen.
„Belle?"
Sie sah ihn an. Jonas' Gesichtsausdruck war sanft.
„Wir haben ein Problem."
Sie sah zum Auto.
„Nein, das meine ich nicht. Uns."
Sie verstand nicht.
Jonas atmete tief ein.
„Das geht eigentlich nicht."
„Was?"
Er küsste sie noch einmal kurz.
„Das. Christine macht mir die Hölle heiß."
Sie verstand.
„Dann tun wir so, als sei…"

Jonas schüttelte den Kopf.

„Das klappt nicht", sagte er. „Liz kennt mich zu gut. Sie wird es merken. Und Elvira auch. Und Christine ist auch nicht blind. Und noch weniger Coco."

Sie nickte und sah zu Boden. Jonas hob ihr Gesicht mit dem Zeigefinger an.

„Guck nicht so traurig." sagte er. Er zog sie an sich.

Anabelle kuschelte sich an ihn. Sie hatte verstanden. Sie war verwirrt. Und gleichzeitig sauer, dass es schon wieder vorbei sein sollte.

„Wir müssen uns was einfallen lassen." seufzte er. „Ich rede morgen mit Liz. Ok?"

Sie nickte. Er half ihr beim Einsteigen. Bevor sie losfuhren, küsste er sie noch einmal auf die Wange.

„Ach, auch wieder da?"

Coco rauschte an Anabelle vorbei. Anabelle sah ihr nach.

„Wunder dich nicht", sagte Pam, „die ist immer noch stinkig wegen gestern. Weil ihr so lange weg wart. Mit mir redet sie auch nicht." Anabelle nickte. Eigentlich war es ihr ganz recht, wenn

Coco Abstand hielt. Sie hatte im Moment andere Probleme.

„Warum wart ihr eigentlich so lange weg?" Judy nahm sich eine Scheibe Brot aus dem Korb. „Wir haben uns alle gewundert."

„Ach, du kennst doch Elviras Auto", brummte Anbelle. „Mit ein bisschen Gepäck ist es leicht überfordert."

Judy grinste.

„Ja, stimmt. Ich hab sie einmal überholt. Und ich bin gelaufen!"

„Warum habt ihr nicht Bescheid gesagt?", wollte Pam wissen.

„Haben wir."

„Toll, dann hat mal wieder irgendwer nichts weitergesagt. Naja", Pam winkte ab, „Hauptsache, ihr hattet keinen Unfall. Morgen ist Jonas wieder da. Dann können wir ihm das Geschenk immer noch geben."

„Wo ist er denn heute?"

„Hat frei." murmelte Judy zwischen zwei Bissen. „Und außerdem ist Flora wieder da."

Anabelle nickte.

Gut, dann hatte sie den heutigen Tag zum Nachdenken.

Nach dem Mittagessen hatte Elvira sie gebeten, dazubleiben. Sie hatten sich an einen der Tische im Aufenthaltsraum gesetzt. Elvira musterte Anabelle.

„Kleines", begann sie schließlich, „ich muss nicht wirklich fragen, warum ihr gestern erst so spät zurück gekommen seid, oder?"

Anabelle zuckte mit den Schultern.

Elvira lächelte.

„Der Jonas ist schon ein smarter Kerl, nicht wahr?"

Anabelle hob den Kopf.

„Komm, ich bin zwar dick, aber nicht blind. Ihr schleicht schon ne ganze Weile um einander rum wie die Katze um den Fischstand. Außerdem hat's mir der Jonas schon längst eingestanden."

Anabelle lächelte unsicher.

„War der Tag schön?"

Anabelle nickte.

„Ja, war er. Hat Jonas dir eigentlich schon die…"

Elvira schmunzelte.

„Ich hatte heute Morgen alles in der Küche, einschließlich einer bunten Mischung von Kräutertöpfen." erklärte sie. „Hat mir gefallen, aber bestechen braucht ihr mich nicht."

„Er wollte dir glaube ich nur eine Freude machen."

Elvira nickte.

„Und die Palette Hundefutter ist auch schon begeistert in Empfang genommen worden."

„Coco?"

„Ich hab sie gar nicht mehr weg gekriegt davon. Aber ich glaube, das lag weniger an den Dosen als am Kauknochen, der dazwischen lag."

Anabelle lächelte. Elvira legte ihr die Hand auf den Unterarm.

„Mädchen, hör zu. Ich schätze den Jonas so ein, dass er sich nicht leichtfertig auf so etwas einlässt. Da muss er schon Gefühle haben. Ist das bei dir auch so?"

Anabelle nickte verlegen.

Elvira lächelte.

„Der Jonas riskiert seinen Job damit. Christine wird nicht begeistert sein, wenn sie es mitkriegt. Ihr Job und alles hängt an diesem Hof. Wenn das Jugendamt irgendwie spitz kriegt, dass hier was zwischen Betreuer und Schützling läuft, die können ziemlich unangenehm werden."

„Das weiß ich", nickte Anabelle ernst, „aber ich … oder wir können auch nicht so tun, als sei nichts."

Elvira lächelte.

„Nein, das könnt ihr nicht. Aber ihr könnt eine alte Frau fragen, ob sie nicht vielleicht einen Ausweg weiß."

Anabelle sah sie fragend an.

„Hat Jonas dir schon von seiner Idee erzählt?"

„Was für einer Idee?"

Elvira musterte sie.

„Nein, hat er nicht." stellte sie fest. „Gut, dann mach ich das mal für ihn. Er kam vor ein paar Tagen zu mir in die Küche gestürmt. Ich musste ihn erstmal beruhigen, ehe ich verstanden habe, was er will. Er hat mir erzählt, dass du bald 18 bist und dann so wie's aussieht, wieder zu deinen Eltern musst, auf jeden Fall nicht länger hier bleiben kannst. Und dass er eine Idee hat. Ob ich denn mit dir in der Küche zufrieden wäre. Natürlich bin ich das, hab ich ihm gesagt. Ob ich denn weiterhin Unterstützung haben will. Sicher, alleine brauch ich doppelt so lange mit dem ganzen Kram. Er hat mir vorgeschlagen, ich solle bei Christine und beim Jugendamt mal nachfragen, ob es nicht möglich sei, dass du hier bleibst, wenn…"

„Wenn?"

„Was willst du eigentlich mal werden?"

Anabelle runzelte die Stirn angesichts des plötzlichen Themenwechsels.

„Das weiß ich noch nicht so genau", sagte sie.

„Vielleicht was mit Tieren oder Kindern."

„Oder was mit Kochen?"

Anabelle wiegte den Kopf.

„Ich hab mir ehrlich gesagt noch keine Gedanken darüber gemacht."

„Jonas hat mir vorgeschlagen, ich solle dich unter meine Fittiche nehmen. Als Kochlehrling. Ich war früher Ausbilderin. Daran soll es nicht liegen. Fragt sich nur, ob du das überhaupt willst."

Anabelle brauchte einen Moment, ehe sie begriff.

„Meinst du, ich kann bleiben, wenn ich zu dir in die Lehre gehe?"

Elvira nickte.

„Ja, musst zu mir in den Anbau ziehen, aber ich glaube, das könnte euch beiden sogar recht sein, hm? Und du musst zur Berufsschule nach V. Und ich darf dich noch mehr triezen." Sie grinste. „Aber dafür kriegst du auch finanzielle Entschädigung."

Anabelle schmunzelte kurz.

„Würde das denn gehen?"

„Also, ich hab gestern mit den Fuzzis vom Jugendamt geredet. Ich hab ihnen vorgeschwärmt wie begeistert du bei der Sache bist und dass wir eh eine Unterstützung bräuchten und… naja, Ende der Fahnenstange war, sie haben zugestimmt."

„Echt?"

Elvira nickte.

„Ja, aber Christine weiß noch nichts von unserem Plan."

Anabelle schnaufte. Christine zu überzeugen würde schwierig werden.

„Vielleicht sollten wir heute mit ihr reden", schlug Elvira vor. „Vielleicht ist es ganz gut, wenn Jonas nicht dabei ist. Sie muss auch nicht wissen, dass es seine Idee war. Sagen wir einfach, wir hätten mal darüber geredet und wir sind beide auf die Idee gekommen." Sie zwinkerte dem Mädchen zu.

Anabelle nickte.

„Einverstanden."

„Soll ich mal gucken, ob sie g'rad Zeit hat?"

Anabelle nickte erneut. Elvira erhob sich und verließ den Raum. Anabelle dachte nach. Jonas hatte sich anscheinend schon vor dem gestrigen Tag Gedanken gemacht, wie sie bleiben konnte. Sie lächelte leicht. Sie dachte an den vergangenen Abend. Sie seufzte leise.

Nach einer Weile hörte sie Stimmen auf dem Flur. Die Tür öffnete sich.

„Aber wirklich nur kurz, Elvira, ich muss dringend diesen Bericht schreiben."

„Ja", nickt Elvira, „im Grund brauchen wir von dir nur ein kurzes Ja."

Sie setzten sich.

„Ich hab mit Anabelle geredet. Schon vor 'ner Weile. Wir haben uns darüber unterhalten, was sie mal machen will, beruflich. Da ist uns beiden ne Idee gekommen."

„Elvira, sag was du von mir willst. Ich habe keine Zeit."

„Sag ja dazu, dass die Kleine bleiben kann und ich sie als Kochlehrling übernehme."

„Das Jugendamt…"

„Ist einverstanden", unterbrach Elvira, „das habe ich schon mal vorsorglich abgeklärt. Sie wollen nur noch mal mit Anabellchen reden, wenn du die Zustimmung gibst."

„Von welchem Geld sollen wir das zahlen?"

„Von den staatlichen. Ist alles schon geklärt, Süße. Brauchen nur noch dein Ja und die Kleine ist ab Sommer mein neuer Küchensklave."

Christines Blick wechselte zwischen Elvira und Anabelle.

„Ihr habt das ja schon sehr gut vorbereitet", sagte sie.

„Wir wissen, dass du viel zu tun hast", schmunzelte Elvira.

„Und du?", fragte Christine an Anabelle gewandt. „Willst du überhaupt bleiben?"

„Auf jeden Fall."

Christine lächelte.

„Ich telefoniere nachher mit dem Jugendamt", sagte sie. „Und ich muss das mit den anderen absprechen. Mit Mike, Jonas und Flora."
„Ach, die haben bestimmt nichts dagegen."
Elvira warf Anabelle einen amüsierten Blick zu. Anabelle wusste, dass sie speziell Jonas meinte.
„Trotzdem, ich muss sie fragen. Wann soll das ganze den losgehen?"
Elvira nannte ihr das Datum.
„Berufsschulplatz wäre auch schon organisiert", fügte sie hinzu, „in V."
Christine schmunzelte.
„Irgendwie habe ich das Gefühl, ihr habt das schon sehr gut organisiert." Sie erhob sich.
„Wenn ich was Neues weiß, sag ich Bescheid."
„Aber erst mal ja?", hakte Elvira nach. Christine seufzte.
„Ja." sagte sie. Elvira und Anabelle grinsten.

„Warum müssen wir denn alle hier hocken?" Mike brummte missmutig.
„Weil ich euch was zu sagen habe", erklärte Christine und setzte sich in die Runde der Betreuer. „Es gibt einige Neuigkeiten und ich möchte euch auf den neuesten Stand bringen."
Jonas wechselte einen schnellen Blick mit Liz.

„Also", begann Christine, „erstmal: Wir werden nächsten Monat einen Neuzugang bekommen. Wieder mal einen Jungen, Diebstahl und Körperverletzung. Soll aber ganz händelbar sein. Dafür werden zwei wieder gehen: Felix, der zieht zu seiner Oma in die Schweiz, und Coco, sie geht zu ihren Eltern zurück."

„Gott sei Dank", seufzte Mike. „Endlich sind wir die Zicke los."

Christine warf ihm einen genervten Blick zu.

„Des Weiteren wird es einen Wechsel in unserer Belegung geben."

Die anderen sahen überrascht auf.

„Geht jemand?", fragte Flora und sah in die Runde.

„Nein", erwiderte Christine, „die Küche bekommt eine Auszubildende."

Jonas biss sich auf die Lippen, um ein Grinsen zu unterdrücken.

„Elvira hat alles organisiert und mich mehr oder weniger dazu überredet. Ab Sommer ist Anabelle bei uns als Koch-Azubi angestellt."

„Hey", lächelte Liz, „das ist doch mal ne gute Neuigkeit."

Jonas nickte nur.

„Ja", sagte Christine, „aber es gibt diesbezüglich auch noch eine kleine Schwierigkeit."

Jonas runzelte die Stirn.

„Welche?", fragte er.

Christine sah ihn an. Jonas erwiderte ihren Blick. Ihn beschlich das Gefühl, als wisse sie mehr.

„Ihre Eltern."

Ein allgemeines Brummen ging durch die Runde.

„Ich hätt's mir denken können." schnaufte Liz. „Haben die was dagegen? Anabelle ist doch dann 18 und kann machen, was sie will."

„Sie waren nicht gerade begeistert. Ein Kind aus gutem Hause und eine profane Kochlehre. Sie haben mit Anabelle geredet. Und sie vor die Wahl gestellt: Entweder sie bleibt hier und macht die Lehre oder sie kommt heim."

„Für was hat sie sich entschieden?"

„Dass sie bleibt. Das hatte allerdings noch was anderes zur Folge."

„Nämlich?", fragte Mike.

„Völliger Kontaktabbruch."

Jonas starrte sie an.

„Willst du sagen, die bestrafen sie dafür, dass sie ihr Leben selbst in die Hand nimmt?"

Christine nickte nur.

„Sieht so aus."

„Deswegen war sie auch so ruhig in den letzten Tagen", stellte Flora fest.

Abermals nickte die Leiterin. In Jonas kochte die Wut.

„Aber sie hat sich trotz allem dazu entschlossen zu bleiben. Mit dem Satz: Ich hab auch hier Leute, die für mich da sind. Ich denke, sie weiß, was sie tut."

Liz warf Jonas einen warnenden Blick zu. Er kannte seine Schwester gut genug, um zu wissen, was sie ihm sagen wollte. Er sollte sich zurückhalten. Sonst würde die ganze Sache mit ihm und Anabelle noch hier in der großen Runde auffliegen.

„So, dann gibt es weiterhin noch neue Anträge für…"

Jonas dachte nach, während Christine über Finanzierungen und Neuanschaffungen sprach. Er würde mit Belle reden und sich vor allem ihre Eltern vorknöpfen.

Jonas sah Paul und Felix hinterher, die quatschend an ihm vorübergingen. Dann öffnete er die Tür zum Unterrichtsraum.

„Scheint so, als sei das heute ein erfolgreicher Tag gewesen." Er deutete den beiden Jungs hinterher.

Liz lächelte.

„Sie durften Berichte einer englischen Tageszeitung über das Championsleague-Spiel

übersetzen." schmunzelte sie. „Damit krieg ich sogar die beiden zum Englisch-Lernen."
Sie verstaute einige Kopien in einer Arbeitsmappe. Dann sah sie ihn an.
„Froh?"
Jonas, der sich kurzzeitig den Pflanzen auf dem Fensterbrett zugewandt hatte, sah zu ihr hin.
„Worüber?"
„Dass sie bleiben kann."
Er lächelte. Seine Schwester kannte ihn gut genug. Er musste ihr nichts vormachen.
„Das weißt du doch", sagte er.
Sie nickte.
„Du hast vorhin ziemlich sauer geguckt, als Christine von Anabelles Eltern erzählt hat."
Jonas schnaufte.
„Ich weiß", sagte er, „aber die gehen mir langsam echt auf den Geist. Alles, was Belle gefallen könnte, unterbinden sie rigoros. Sie … Warum grinst du so?"
„Belle?"
„Anabelle."
„Ja, aber seit wann nennst du sie Belle?"
„Seit meinem Geburtstag", grinste er. Liz schmunzelte.
„Wie war der Tag eigentlich? Du hast dich in deinen Berichten auffällig zurückgehalten."

„Hab ich nicht."

„Doch, hast du", widersprach Liz, „wenn du früher was am Laufen hattest, hast du es mir brühwarm erzählt. Über Anabelle erfahre ich so gut wie gar nichts von dir."

„Das bildest du dir ein."

Er begann an einem Blatt Papier zu zupfen. Liz zog es fort.

„Jonas", sagte sie klar, „ich hab nichts dagegen. Ich find's süß. Dich hat's total erwischt."

„Hat es nicht."

„Doch."

„Nein."

Sie sah ihn nur an. Jonas schnaufte.

„Du nervst, Schwesterchen."

„Ich weiß, macht gar nichts."

Er hob den Blick und schmunzelte.

„Ja", gab er dann zu, „Anabelle ist irgendwie was Besonderes. Ich weiß auch nicht."

„Deswegen red' ich dir ja auch nicht ins Gewissen. Glaub mir, wenn du anders reagieren würdest, hätte ich dir schon lange eins auf den Deckel gegeben."

„Das kann ich mir vorstellen."

Liz griff nach seiner Hand.

„Hör zu, Jonas. Beatworte mir einfach eine Frage. Ist sie es wert?"

Er hob den Kopf.

„Sie ist es wert, Liz", nickte er ernst, „ich… ich war mit ihr auch am Haus von Papa und Mama."

Liz starrte ihn an.

„Sie weiß davon?", fragte sie leise.

Er nickte nur.

Liz betrachtete ihren Bruder.

„Du musst sie wirklich lieben", sagte sie.

Jonas antwortete nicht. Für einige Momente saßen sie schweigend da. Liz strich ihm mit dem Finger über den Handrücken.

„Sorry, hab vorhin…" Paul stand im Raum und starrte auf den Tisch. „Äh, bin schon wieder weg."

„Paul." Liz erhob sich. „Was wolltest du?"

Paul tauchte wieder in der Tür auf.

„Ich hab meine Arbeitshandschuhe vorhin hier liegenlassen, wir sollen das Gatter richten." Sie nickte ihm zu. Paul schnappte sich die Handschuhe von seinem Tisch und verschwand. Liz schloss die Tür hinter ihm.

„Das gibt wieder Gerede." seufzte sie.

Jonas lächelte.

„Kommt wenigstens keiner auf Anabelle." sagte er.

Liz grinste.

„Wirklich!" Um Paul stand eine Traube Jungen und Mädchen. „Ey, ich hab sie gerade eben selbst gesehen. Die saßen da und haben Händchen gehalten."

„Süß!" Felix grinste. „Ich hab doch gesagt, da geht was."

„Ach quatsch", Coco knurrte unwirsch, „Jonas hat doch nichts mit Lizzy."

„Woher willst du das wissen?", knurrte Paul sie an.

„Weil ich's weiß."

„Woher? Hat er was mit dir oder was?"

„Ey, mann, der ist doch nicht pervers." Felix grinste. Coco trat ihm unsanft vor das Schienenbein.

„Au! Spinnst du?"

„Was ist denn hier schon wieder los?"

Christine seufzte.

„Warum hängt ihr hier alle auf einem Haufen rum? Ihr habt doch zu tun. Paul, Felix, Josh. Ihr sollt das Gatter heute noch fertig kriegen. Mädels, kümmert euch um die Tiere. Die Boxen sehen aus wie sau. Steven, Kevin, ihr holt Futter aus dem Lager. Ab."

„Ja." Paul wandte sich zum Gehen. Er grinste Felix an. „Und da geht doch mehr, das sag ich dir."

„Erwartest du Besuch?"

Regina von Allental sah erstaunt von ihrem Buch auf, als es klingelte. Ihr Mann, hinter einer Börsenzeitschrift verschanzt, verneinte. Sie hörte, wie die Hausangestellte zur Tür ging. Momente später klopfte es an der Tür des Salons.

„Entschuldigen Sie, Frau von Allental, hier ist jemand, der Sie sprechen möchte."

„Mich?"

„Sie und Ihren Mann."

Richard sah auf.

„Mich auch?"

„Sagen Sie, wir lassen bitten."

Das Ehepaar wechselte einen fragenden Blick.

„Guten Tag, Frau von Allental. Herr von Allental."

„Guten Tag." Regina von Allental runzelte die Stirn. „Sie habe ich doch schon mal gesehen. Wo war das? Waren Sie nicht bei der Besprechung auf diesem Bauernhof dabei?"

Jonas nickte.

„Ja, das war ich. Jonas Hoffmann."

„Was führt Sie zu uns?" Herr von Allental bot ihm einen Platz an.

„Es geht um Anabelle, Ihre Tochter."

Es fiel Jonas schwer ruhig zu bleiben. Innerlich kochte er. Aber wenn er seiner Wut freien Lauf ließ, wäre das nur kontraproduktiv gewesen. Besser, er beherrschte sich.

„Das ist wahrscheinlich."

„Frau Dr. Kober hat ja bereits mit Ihnen gesprochen und Ihnen mitgeteilt, dass die Einrichtung Anabelle die Möglichkeit bieten möchte, eine Ausbildung zu beginnen…"

„Als Köchin!" Regina von Allental schüttelte den Kopf. „Wer ist eigentlich auf diese Idee gekommen? Anabelle muss keine Lehre machen. Sie ist klug genug, um zu studieren."

„Dem möchte ich auch nicht widersprechen."

„Warum wollen Sie sie dann in einen so …" Sie suchte nach Worten. „… einen so profanen Beruf schicken."

„Weil Anabelle Spaß daran hat und es gerne machen möchte", antwortete Jonas ruhig.

„Da haben Sie oder Ihre anderen Mitarbeiter doch bestimmt Druck auf das Kind ausgeübt."

Kind !, dachte Jonas, von wegen.

„Nein, es ist Anabelles Entscheidung. Wir haben nur gesagt, dass es möglich *wäre*…"

Man sah Anabelles Mutter an, dass sie seiner Aussage nicht glaubte.

„Und warum sind Sie hier, junger Mann?"

Anabelles Vater sah ihn an.

„Weil mir zu Ohren gekommen ist, dass Sie, sollte Anabelle die Ausbildung beginnen wollen, den Kontakt zu ihr ganz einstellen wollen."

Die Eheleute wechselten einen Blick.

„Wir beschränken ihn auf ein Minimum." bemerkte sie.

„Warum? Wofür bestrafen Sie Ihre Tochter?"

„Wir bestrafen Sie nicht", erwiderte Frau von Allental entgeistert. „Wie kommen Sie darauf?"

„Gut, ich kann auch fragen: Warum beschränken Sie den Kontakt auf ein Minimum?"

„Weil Anabelle sich entschieden hat."

„Könnten Sie mir das bitte genauer erklären."

„Wir sind Ihnen keine Rechenschaft schuldig, junger Mann", die Stimme von Frau von Allental wurde schnippisch. Sie erhob sich. „Sie entschuldigen mich einen Moment." Damit war sie zur Tür hinaus. Jonas sah hinüber zu Anabelles Vater.

„Was sind Sie eigentlich von Beruf?"

Der plötzliche Themenwechsel irritierte Jonas.

„Jugendbetreuer." antwortete er.

„Gelernt?"

Er hieß es vorsichtig zu sein.

„Ich arbeite schon seit Jahren in diesem Beruf."

„Sie sind aber gelernter Mechatroniker."

Jonas war sprachlos. Woher wusste dieser Mann das?

Herr von Allental lächelte.

„Sehen Sie, wo meine Frau impulsiv reagiert, ehe ich mit kühler Überlegung heran. Wir ergänzen uns. Ich habe Erkundigungen über diese Einrichtung und ihre Mitarbeiter einholen lassen."

Jonas schwieg. Er musste auf der Hut sein. Anabelles Vater war anscheinend nicht zu unterschätzen.

„Warum ausgerechnet ein Mechatroniker Jugendliche betreuen muss, die aus dem Ruder gelaufen sind, lassen wir mal dahingestellt. Aber… meine Frau hat Sie das vorhin schon gefragt. Wer ist auf die Idee gekommen, Anabelle diese Ausbildung anzubieten?"

„Das Team."

Herr von Allental lächelte.

„Das Team, so so. Sie scheinen mir keine klare Antwort geben zu wollen oder zu können. Anabelle möchte diese Ausbildung machen?"

Jonas nickte.

„Sind Sie sich sicher?"

Wieder nickte er.

„Sehr sicher?"

„Ja."

Das Lächeln von Herrn von Allental hieß nichts Gutes.

„Ich wünsche Ihnen viel Erfolg."

„Wobei?"

„Wie schnell findet man ohne Kontakte einen Job?" Er erhob sich und verließ ebenfalls wie seine Frau den Salon. Jonas blieb noch einen Moment geschockt sitzen. Dann stand er auf. Er musste Christine warnen. Und... NEIN!!!

Auf dem Hof herrschte große Aufregung. Die Jugendliche waren in den Unterrichtsraum zitiert worden. Alle, ohne Ausnahme, hatten sich einzufinden. Liz wirkte nervös. Die Jugendlichen warfen sich untereinander Blicke zu. Nie hatten alle gemeinsam lernen sollen. Aber heute war alles anders. Sämtliche Betreuer und Mitarbeiter waren anwesend. Auf dem Hof standen drei Polizeiwagen.

„Was ist denn eigentlich passiert?", flüsterte Judy zu Felix hinüber. Der zuckte mit den Schultern.

„Ruhe!", herrschte Liz sie an. „Schreibt. Ich will nichts hören."

Pam blätterte in ihrem Buch. Unauffällig reichte sie ein Papier an Paul weiter.

Der Junge sah kurz auf, dann schrieb er etwas. Unbemerkt gelangte das Papier zurück zu Pam.

„Weiß auch nicht", schrieb er, „hab nur mitgekriegt, als die Bullen kamen. Christine ist absolut nervös in ihr Büro und Jonas rennt rum, als sei ihm jemand auf den Fersen. Keinen Schimmer, was los ist."
Pam verbarg das Blatt geschickt vor Liz' Augen.
Sie warf einen heimlichen Blick aus dem Fenster. Aus einem Polizeibeamten war niemand zu sehen.
Im Raum herrschte eine seltsame Stimmung. Sie sah zu Anabelle hinüber, die schräg hinter ihr an einem Tisch saß.
„Pam, bleib auf deinem Tisch."
„Ich brauch n Geodreieck."
Anabelle reagierte schnell.
„Hier." Sie stand auf und gab es Pam. Pam steckte ihr unbemerkt einen Zettel zu.
„Danke."
Liz wirkte fahrig. Anabelle setzte sich wieder.
„Weißt du was?"
Sie sah zu Pam hin und schüttelte den Kopf. Dann wandte sie sich wieder ihrem Text zu. Sie fragte sich genauso wie alle anderen, was los war. Als sie Jonas vorhin begegnet war, hatte er sie nur kurz und ernst angesehen. Kein Lächeln, nichts. Irgendwas stimmte nicht.
Es klopfte an der Tür.

„Liz?" Christine betrat in Begleitung eines Mannes den Raum. „Kannst du bitte mal kommen? Ich passe derweil hier auf." Liz nickte und ging. Christine ließ ihren Blick über die Jugendlichen schweifen. „Arbeitet weiter."
„Was ist denn los?", wagte sich Pam aus der Deckung. „Warum ist die Polizei hier?"
„Ihr sollt arbeiten."
Inzwischen hatten auch andere aufgesehen. Christine wurde unruhig.
„Ihr arbeitet jetzt", sagte sie streng. „Ende."
„Kann ich mal…"
„Nein", fauchte sie Paul an.
„Aber ich muss mal."
„Dann verkneif es dir und mach einen Knoten in deinen Schwanz."
Es war totenstill im Raum. Niemand wagte etwas zu sagen.
Draußen fuhr eines der Polizeiautos mit Jonas und Liz davon.

Am Abend hatten sich die Jugendlichen im Aufenthaltsraum versammelt. Der Fernseher lief, aber nicht einmal die Jungen sahen hin. Elvira hatte Christine in der Beaufsichtigung abgelöst und hielt gemeinsam mit Mike die Kids in Schach.

Die meisten hatten sich zusammengesetzt und spielten etwas. Manche lasen. Aber insgeheim wartete jeder auf eine Erklärung für die Aktion am Nachmittag. Anabelle erhob sich, um sich etwas Neues zu trinken aus der Küche zu holen. Noch immer wusste sie nicht, was los war. Von Elvira hatte sie erfahren, dass Liz und Jonas mit auf die Wache hatten kommen müssen. Anabelle machte sich Sorgen. Ohne Grund nahm die Polizei doch niemanden mit. Noch dazu waren den ganzen Nachmittag Polizisten über das Gelände gestreift. Nicht einmal die Gruppe, die die Tiere im Stall zu versorgen hatte, war unbeobachtet geblieben. Man kam sich vor wie im Knast.
Elvira sah Anabelle an, als sie die Küche betrat.
„Na, Kleine, alles klar?"
Anabelle schüttelte den Kopf. Elvira wusste eh über Jonas und sie Bescheid, sie konnte also ehrlich sein.
„Weißt du was Neues?"
Elvira schüttelte den Kopf.
„Nein, Kleines, nichts. Macht einen wahnsinnig, das Warten, hm?"
Anabelle nickte.
„Warum mussten die beiden mit?"
Elvira zuckte mit ihren breiten Schultern.

„Ich hab nur gehört, dass der Polizist gesagt hat: Na, dann kommen Se mal mit. Dat klärn wa auf der Wache."
Anabelle atmete tief. Elvira legte ihr beruhigend die Hand auf die Schulter.
„Der Jonas, der ist in Ordnung, der hat nichts gemacht."
Anabelle sah auf. Wie gerne würde sie das glauben. Coco kläffte auf dem Hof.
Elvira war schneller am Fenster, als Anabelle gucken konnte.
„Sie sind zurück, dem Himmel sei Dank."
Anabelle stürmte durch die Küchentür auf den Flur.
Liz betrat mit Jonas das Haus. Sofort breitete sich ein Lächeln auf Jonas Gesicht aus, als er Anabelle sah. Aber ebenso schnell war er wieder ernst.
„Was ist los?"
Jonas holte Luft, um etwas zu antworten.
„Ihr seid wieder da."
Christine war aus ihrem Büro gekommen.
Sie sah Anabelle an.
„Warum rennst du hier rum?"
„Ich…"
„Wir haben sie auch gehört und wollten wissen, was Sache ist." erklärte Elvira hinter ihr. „Nicht nur du bist nervös, Christine."

„Geh zu den anderen." Sie scheuchte Anabelle in den Aufenthaltsraum. Elvira nickte dem Mädchen unauffällig zu.
Die anderen Jugendlichen sahen auf.
„Stimmt das? Die sind wieder da?"
Anabelle nickte. Mike konnte die Gruppe gerade noch davon abhalten auf den Flur zu stürmen. Drohend baute er sich vor der Tür auf. Die Jugendlichen zogen sich auf ihre Plätze zurück. Judy zog Anabelle neben sich.
„Und? Wo waren sie?"
„Keine Ahnung. Christine ist dazwischen gekommen."
„Mann, immer diese dumme …", knurrte Coco.
„Aber irgendwas ist."
„Warten wir es ab. An Mike kommt im Moment nicht mal Paul zum Pinkeln vorbei."

Es war Nacht geworden und seltsam still auf den Gängen des Hauses. Anabelle lag in ihrem Bett. Sie konnte nicht schlafen. Der Tag war zu aufregend gewesen. Sie sah dem Lichterspiel an der Decke zu.
„Hey."
Sie schrak zusammen.

Jemand schloss die Tür leise hinter sich und trat näher. Anabelle fühlte zwei warme Lippen auf ihren. Jonas!

„Wo wart ihr?", fragte sie.

„Ich muss mit dir reden, Belle."

Sie nickte. Er schüttelte den Kopf.

„Nicht hier. Allein. Zieh dich an. Lass uns ein Stück gehen. Elvira hat die Tür offen gelassen unten."

Er wartete, bis sie sich etwas übergezogen hatte. Gemeinsam gingen sie leise hinunter. Coco hob den wuscheligen Kopf, als sie aus dem Haus traten.

„Pst", machte Jonas, „wir sind's nur." Der Kopf sackte wieder auf die Pfoten.

Sie gingen im Schutz der Scheune um das Gebäude herum und bogen in den kleinen Pfad Richtung Wald ein. Anabelle war unruhig.

„Sag mir bitte, was los ist." bat sie.

Jonas blieb stehen.

„Es fällt mir schwer", sagte er, „aber du musst es erfahren. Und besser von mir als von der Polizei."

„Hast du irgendwas angestellt?"

Er lächelte.

„Nein."

„Liz?"

„Nein."

„Was dann? Jonas."

„Hör zu", er legte ihr die Hände auf die Schulter, „ich hab dir doch gesagt, dass ich nochmal mit deinen Eltern reden wollte. Wegen der Ausbildungsstelle und dass sie den Kontakt mit dir abbrechen wollen."

Sie nickte.

„Ich war auch da. Deine Eltern haben mich voll auflaufen lassen. Deine Mutter hat mir vorgeworfen, wir würden hier mit dir Gehirnwäsche betreiben und dein Vater hat mich gleich mal wissen lassen, dass er die Einrichtung und sämtliche Mitarbeiter hat überprüfen lassen."

„Was?!"

Jonas nickte.

„Aber das war nicht das krasseste."

„Was denn noch?"

„Nachdem mich deine Eltern wie einen kleinen Schuljungen im Wohnzimmer haben stehen lassen, wollte ich auch gehen. Ich hab mich zur Tür gedreht und… Ich dachte, mich trifft der Schlag. Kannst du dich dran erinnern, was direkt neben eurer Tür zum Flur steht?"

Anabelle versuchte sich zu erinnern.

„Im Wohnzimmer? Da steht der Flügel."

„Nein, in so einem grünen Raum."

„Der Salon." Sie dachte nach. „Ja, diese seltsame Skulptur, von der ich nie wusste, was sie darstellt. Mein Vater hat sie eines Tages mit nach Hause gebracht."
„Vor ungefähr acht Jahren, oder?"
Anabelle rechnete nach.
„Ja, ungefähr. Woher weißt du das?"
Er zog sein Portemonnaie heraus und gab Anabelle eines der beiden Bilder, die sie bereits kannte.
„Guck dir den Hintergrund an."
Anabelle musterte das Foto.
„Nein", rief sie, „das ist genau die gleiche Skulptur wie… Aber mein Vater hat gesagt, es gäbe nur eine davon."
„Tut es auch. Mein Großvater hat sie gemacht. Sie ist an dem Tag, an dem meine Eltern ermordet wurden, gestohlen worden."
„Dann hat mein Vater… am Tod deiner Eltern…"
Sie musste sich setzen. Jonas stützte sie. „Was hat mein Vater mit deinen Eltern zu tun?"
„Ich weiß es nicht, Belle. Mich hat es nur wie ein Schlag getroffen, als ich die Skulptur sah. Ich hab nicht mehr nachgedacht. Ich hab die Polizei gerufen."
Sie nickte nur.
Sie sah ihn an.

„Erzähl mir alles, was du weißt, Jonas."
„Sicher?"
Sie nickte.
Er zog sie dicht zu sich heran und legte seine Arme um sie.
„Ok", er atmete tief. „Ich habe den Beamten erklärt, worum es geht und habe sie auf den Mord vor acht Jahren aufmerksam gemacht und dass die Skulptur damals zum Beutegut gehört hat. Die Polizisten waren sehr interessiert und haben ziemlich schnell einen Durchsuchungsbefehl erwirkt. Ich hab dann nur mitbekommen, dass sie bei euch geklingelt und sich Eintritt verschafft haben. Ich bin mit auf die Wache und hab meine Aussage noch einmal zu Protokoll gegeben. Als ich damit fertig war und gehen wollte, kamen gerade zwei andere Beamte mit deinem Vater herein. Er hat getobt, man solle ihn loslassen, er wolle seinen Anwalt sprechen, das seien alles unhaltbare Unterstellungen… Als er mich gesehen hat, ist er stehen geblieben und hat mich angeschrien, dass mir das leid tun würde, eine ehrwürdige Familie in den Schmutz zu ziehen, er wisse ja nun, wer seiner Tochter beeinflussen würde und so weiter. Sie haben ihn dann in eines der Büros gebracht. Ich bin gegangen. Ich

brauchte erstmal Ruhe. Dann hab ich zwei Tage nichts von der Polizei gehört. Bis heute morgen."
Er nahm ihr das Bild wieder ab und verstaute es in seiner Brieftasche.
Anabelle schwieg. Sie sah ihn an.
„Heute Morgen haben mich zwei Polizisten geweckt. Christine hat sie ins Haus gelassen. Ich würde beschuldigt, Jugendliche aus dem Camp zu missbrauchen."
„Was?"
Er nickte.
„Ich konnte mir schon denken, woher die Anschuldigung kam. Ich hab den Beamten versucht zu erklären, was in den Tagen zuvor passiert ist und dass dies alles nichts weiter als ein vermutlicher Racheakt sei. Sie haben nicht mit sich reden lassen. In Christines Büro haben sie sich alle Unterlagen über mich geben lassen. Dabei ist ihnen auch meine Verwandtschaft mit Liz aufgefallen. Einer von ihnen hat gelacht und gemeint, Christine verberge ja hier eine ganze Diebeshorde. Über mich kann man sagen, was man will, Belle, aber wenn jemand Liz irgendwas bezichtigt, werde ich sauer. Der Beamte hat meine Reaktion missverstanden. Ich hab mich kurzerhand auf dem Boden liegend

wiedergefunden. Er hat mir Handschellen angelegt. Dann wurde Liz gerufen."
Anabelle nickte.
„Christine hat sie bei uns abgelöst."
„Wir sind auf die Wache gebracht worden. Sie haben uns überhaupt nicht zugehört. Erst am Nachmittag hatten wir dann endlich mal einen Beamten, der sich die ganze Geschichte angehört hat. Er hat mit seinen Kollegen telefoniert. Es hat sich herausgestellt, dass ein gewisser Dr. Oberländer die Anzeige gestellt hat."
„Der Anwalt unserer Familie." Anabelle schluckte.
„Hab ich mir fast gedacht."
Anabelle ließ sich gegen Jonas sinken.
„Warum macht mein Vater das? Meinst du er hat damals selbst… deine Eltern…?"
Jonas schüttelte den Kopf.
„Nein", sagte er, „selber ist er gewiss nicht eingebrochen. Aber ich denke, dass er irgendwie dahintersteckt. Die Skulptur war kurz zuvor in einer Ausstellung zu sehen. Eine befreundete Galeristin hat sie hochgelobt und die Presse hat darüber berichtet. Wir haben Angebote dafür bekommen. Bis zu 100.000 Euro. Aber es ist das einzige Werk meines Großvaters und weder

meine Eltern noch Liz und ich hätten sie jemals hergegeben."

„Mein Vater hat mir mal erzählt, dass er die Skulptur von einem Freund habe, der sie nicht mehr haben wollte und auf den Müll werfen wollte. Er habe das ‚Ding', so nannte er es, nur vor dem Müllcontainer gerettet."

Jonas schüttelte den Kopf.

„Da wäre es nie gelandet. Nie."

Anabelle kuschelte sich in Jonas Arme.

„Halt mich bitte fest."

Er zog sie auf seinen Schoß.

„Komm her."

Er wiegte sie beruhigend in seinen Armen.

„War das alles?"

„Fast."

Anabelle hob den Kopf.

„Was noch?"

„Christine hat mich zum nächsten Ersten rausgeschmissen."

„Was? Wieso? Du hast doch nichts gemacht."

„Aber ich war auch nicht ehrlich zu ihr. Wegen Liz. Und sie hat durch die ganze Aufregung auch mitbekommen, was mit uns beiden los ist."

„Nein!"

Anabelle schluchzte auf. Jonas hielt sie fest. Es tat ihm weh. Aber sie musste die Wahrheit wissen.

Sein Handy vibrierte in der Tasche.

„Noch ist sie nicht angestellt!!!"

„Belle, wir sollten zurück. Christine hat gemerkt, dass wir weg sind."

Anabelle klammerte sich an ihn.

Er hob sie auf seine Arme.

„Wunderbar, dass ihr euch schon nachts rausschleicht."

Christine empfing sie wutentbrannt an der Hoftür.

„Wir mussten reden", sagte Jonas ruhig, „ich musste Anabelle alles erzählen, was los ist."

„Super", giftete Christine, „und mir nicht? Ich bin ja bloß deine Chefin."

Jonas atmete tief.

„Sie ist meine Freundin", sagte er deutlich, „und du hast mich eh rausgeschmissen."

„Noch arbeitest du hier." Er ließ Anabelle auf den Boden zurück. Elvira kam im Morgenmantel um das Haus herum.

„Was macht ihr hier für einen Krach, Leute", sagte sie verschlafen, „man hört euch bis zum Anbau."

Sie sah nach oben. „Fenster zu!"

Augenblicklich schloss sich das Fenster zu Pauls und Felix Zimmer.

Sie blickte von Jonas zu Christine und weiter zu Anabelle.

„Kleines, was ist los?" Sie setzte sich mit Anabelle auf die Bank neben der Tür. „Kann mir mal jemand erklären, was los ist?"

„Christine ist sauer, weil ich mit Anabelle geredet habe, bevor ich zu ihr bin. Aber ehrlich gesagt, ist mir dieses ganze Theater scheißegal." Er sah seine Vorgesetzte an. „Weißt du was, mach deinen Scheiß hier alleine. Ich hab im Moment echt andere Probleme als eine eingeschnappte Psychotante. Und wenn Anabelle in einer Woche 18 wird, werde ich sie abholen. Dann kann sie selbst entscheiden, wo sie bleiben will. Meinetwegen bringe ich sie jeden Tag zum Arbeiten her. Wenn es sein muss, zu Fuß. Aber aufgeben werde ich sie nicht. Und du, wenn du dir erstmal angehört hättest, was überhaupt los ist, dann würdest du wissen, dass es hier nicht nur um mich und deine verletzte Eitelkeit geht, weil ich dir nicht gesagt habe, dass Liz meine Stiefschwester ist. Sondern darum, dass meine Eltern vor acht Jahren ermordet wurden und man Diebesgut von damals im Haus von Anabelles Eltern gefunden hat."

Elvira starrte den tobenden Jonas an. Dann blickte sie zu Anabelle.

„Hör zu…"

„Nein", polterte Elvira dazwischen, so dass sowohl Jonas als auch Christine zusammenzuckten. „Es ist Schluss hier. Du joggst jetzt erst mal 5 km hin und zurück, um dich abzuregen. Meinetwegen nimm den dicken Hund mit. Aber verschwinde. Und du", sie deutete auf Christine, „spiel hier nicht die alles überragende Chefin. Jonas hat dir gesagt, was los ist. Und wenn das stimmt, haben wir echt andere Probleme als deinen verletzten Stolz. Das Mädchen hier ist gerade dabei, alles zu verlieren, was sie hat."

„Elvira", kam es ebenso laut zurück, „ich lasse nicht so mit mir reden."

„Musst du wohl", schnappte Elvira.

„Nein, kochen können auch andere."

Elvira wurde ruhig.

„Gut", sagte sie, „dann such dir schon mal jemanden. Ich gehe mit Jonas."

Sie wandte sich Anabelle zu.

„Komm, mein Kleines, wir gehen zu mir in den Anbau." Sie erhob sich und zog Anabelle mit sich. Im Vorbeigehen sah sie Jonas an. „Wenn du vom Joggen zurück bist, kannst du meinetwegen nachkommen. Aber erst dann." Jonas sah den beiden nach, wie sie um die Hausecke verschwanden. Dann blickte er zu Christine hinüber. Ohne ein weiteres Wort begann er zu laufen. Christine hielt Coco am Halsband zurück.

„Kein Frühstück?"
Paul ließ sich verschlafen auf den Platz fallen.
Auch die anderen trafen ein.
„Was'n hier los?" Verwundert sahen sie sich um.
„Hat Elvira verpennt? Ey, ich hab Hunger."
„Du hältst die Schnauze", tönte es aus der Küche.
Die Jugendlichen sahen sich an. Mike?
Schwungvoll knallte er ein Tablett mit belegten Brötchen auf den Tisch.
„Hier! Und Fresse halten. Klar?"
„Wo…?" Mike funkelte den Jungen an. Felix hob nur die Hände. Kaum war Mike wieder in der Küche verschwunden, wurde es lauter.
„Wo ist denn Elvira?"
Aufgeregtes Getuschel setzte ein. Judy beugte sich zu Pam hinüber.
„Anabelle war auch nicht auf ihrem Zimmer", sagte sie leise. „Ich wollte sie vorhin wecken. Aber sie war nicht da."
„Irgendwas stimmt hier nicht", nickte Pam. „Mike in der Küche, Elvira nicht da, Anabelle nicht, Jonas nicht. Liz nicht."
„Kein Unterricht? Cool."

Paul grinste.

„Du bist ein Idiot." bemerkte Judy. „Irgendwas ist passiert."

Anabelle schlief.
Elvira saß in einem Sessel unweit des Bettes und sah das Mädchen an. Anabelle hatte ihr in der Nacht erzählt, was passiert war. Auch Jonas hatte später – nach dem Joggen – weiter berichtet. Elvira war geschockt gewesen. Alles sah ganz danach aus, als sei Anabelles Vater, der angesehene und wohlhabende Unternehmer irgendwie in den Einbruch und die Ermordung von Liz' und Jonas' Eltern verstrickt. Jonas hatte in der Nacht noch seine Sachen aus dem Haus geholt. Elvira hatte ihm ihr Auto geliehen. Er sollte alles regeln. Sie würde sich in der verbleibenden Woche um Anabelle kümmern. Christine würde ohne sie auskommen müssen. Wie man hörte, tat sie das auch mehr schlecht als recht.
Sie erhob sich und ging in die kleine Küchenzeile, um sich einen Tee zu machen. Leise klopfte es an ihrer Zimmertür.
Sie öffnete. Sie legte den Finger auf die Lippen und trat vor die Tür. Judy und Pam nickten.

„Was ist los, Mädchen?"
„Hast du was zu essen?"
„Mike kocht doch."
Beide schüttelten den Kopf.
„Nein, es gab nur belegte Brötchen. Die sind alle. Und keiner macht was zu essen." Judys Bauch knurrte.
„Wie geht's denn Anabelle? Sie ist bei dir, oder?"
Elvira nickte.
„Ja, lasst sie mal ein bisschen. Hat ziemlich schlechte Neuigkeiten bekommen."
„Alle", sagte Pam, „Jonas geht, oder?"
Elvira nickte abermals.
„Jonas und Liz und ich."
„Du auch?" Die Mädchen starrten sie an.
„Ja, wenn die beiden gehen, gehe ich mit. Christine ist einverstanden."
„Wir reden mit ihr", versprach Pam.
Elvira schüttelte den Kopf.
„Mädchen, wenn ihr wirklich etwas tun wollt, für eure Freundin", sie deutete mit dem Kopf auf ihre Zimmertür, „für Jonas, Liz oder mich. Dann sorgt dafür, dass hier auf dem Hof nicht das große Chaos ausbricht. Kümmert euch zumindest um die Tiere. Die können nichts für. Und gebt allen ein bisschen Zeit."

„Jonas und Anabelle sind zusammen, stimmt's?", fragte Judy. „Deswegen ist Christine so sauer. Ich hab sie vorhin mit Mike sprechen hören."

„Was hat er gesagt?", fragte Elvira seufzend.

„Dass sie ne dumme Kuh ist und dass sie genau weiß, dass sie nicht so n Aufstand machen muss. So was ließe sich auch unter der Hand regeln."

Erstaunt hob die Köchin den Kopf.

„Noch was?"

„Er meinte, er geht nicht in die Küche, da könne sie sich auf den Kopf stellen. Und 24 Stunden arbeitet er auch nicht hintereinander. Und Unterricht schon gleich zweimal nicht. Er hat gesagt, sie solle alle zusammenholen und reden."

„Und?"

Judy schwieg.

„Die Frau ist bekloppt", knurrte Elvira. „Wenn das JA davon was mit kriegt, ist der Hof gleich zu." Die Mädchen sahen erschrocken auf.

„Echt?"

„Na, sicher. Was wollen die mit 'ner Einrichtung, in der es drunter und drüber geht."

„Wir müssen mit den anderen reden", beschloss Pam. Judy nickte.

„Unbedingt." Sie sah Elvira an. „Aber hast du trotzdem noch was zu essen?"

Jonas sah sich um. Er nickte. Alles war vorbereitet. Er atmete tief. Liz' Hand legte sich auf seine Schulter.

„Hey, keine Panik, alles wird gut", lächelte sie. Jonas warf seiner Schwester einen Blick zu. Er nickte.

„Ja", sagte er, „ich bin bloß nervös. Das war alles ein wenig viel. Ich weiß nicht mal, ob sie überhaupt feiern will. Ich kann's ihr nicht verdenken, wenn sie keine Lust hat."

„Dann nimmst du sie in den Arm, hältst sie fest und ihr guckt euch das Kerzenlicht an", erwiderte sie. „Jonas, es kommt nicht darauf an, was du hier veranstaltest. Ich glaube, ihr ist es einfach wichtig, dass du da bist."

Jonas lächelte.

„Was täte ich ohne meine weise Schwester."

Liz lächelte.

„Jemand anderen Dummen schicken, der deine Freundin aus der Höhle des Löwen holt", spottete sie. „Ich mach mich auf den Weg. Und du setz hier nicht vor lauter Aufregung alles in Brand, hm."

„Versprochen."

Er sah Liz nach, wie zum Auto ging und losfuhr.

Heute war Anabelles 18. Geburtstag. Er hatte gekocht, Rosen besorgt, ein kleines Geschenk, Kerzen. Und er war nervös. Seit einigen Tagen hatten sie sich nicht mehr gesehen. Elvira hatte sich die ganze Zeit um sie gekümmert und ihn auf dem Laufenden gehalten. Anabelle war es in den ersten Tagen nicht gut gegangen. Sie hatte viel geschlafen und geweint. Jonas wäre gerne bei ihr gewesen, aber Christine hatte ihm nach der deutlichen nächtlichen Ansage Hausverbot erteilt. Alles, was er wusste, wusste er über Elvira. Liz durfte den Hof eigentlich auch nicht mehr betreten.

Er nahm sein Handy und wählte Elviras Nummer.

„Chaos hoch drei", meldete sie sich. Er grinste.

„Ich bin's, Jonas. Liz ist auf dem Weg zu euch."

„Gut", er hörte, wie sie eine Tür schloss und es leiser wurde, „gut, ich bring sie ans Hoftor."

„Wie läuft's denn?"

Sie schnaufte.

„Welche Version willst du wissen?"

„Deine."

„Christine dreht am Rad, Flora hat gekündigt, Mike flippt alle paar Sekunden aus, Coco ist schon zweimal abgehauen und beim Nachbarn aufgetaucht, …"

„Der Hund?"

„Ja", lachte sie auf, „die andere haben wir heute morgen bei ihren Eltern abgeliefert."
„Ach ja, sie geht ja. Hätte mich gerne noch verabschiedet."
„Lass mal, vielleicht ganz gut so."
„Ja, vielleicht. Arbeitest du wieder?"
„Ich kann die Meute nicht verhungern lassen. Bleibt die Anabelle bei dir heute Nacht?"
„Wenn sie will."
„Ich hab's ihr schon gesagt, besser wär's. Morgen ist hier große Prüfung vom JA. Haben wohl was spitz gekriegt. Hängt alles von morgen ab."
„Ich kann mir Christines Anspannung vorstellen."
„Ich bleibe in meiner Küche."
„Ach, doch so gut, ja."
„Du kennst sie", erwiderte Elvira, „sie hat das alles hier aufgebaut. Sie will's nicht verlieren."
„Ich hab nicht drum gebettelt, gehen zu müssen."
Elvira atmete tief.
„Ja, ich weiß. Aber dich zu bitten zurückzukommen, dazu ist sie zu stolz."
„Sag mir Bescheid, ja."
„Mach ich. Und jetzt hol ich das Mädel. Nicht dass Liz noch in die Fänge des Geiers gerät."
„Lass das Christine nicht hören."
„Ich meinte eigentlich Mike."

Anabelle vergrub sich in seine Arme. Jonas hielt sie fest. Er spürte, dass sie im Moment keinen Sinn für etwas anderes hatte. Beruhigend strich er ihr über den Rücken. Liz lächelte und stellte leise eine Tüte neben sie auf den Boden. Jonas dankte ihr mit den Augen. Sie nickte. Sie kehrte zum Auto zurück und winkte. Bis morgen würde sie bei einer Freundin bleiben, so dass Jonas und Anabelle ungestört waren.
Nach einer Weile hob Anabelle den Kopf.
„Hey", sagte er leise und küsste sie auf die Nasenspitze. „Alles gut?"
„Jetzt schon."
Er führte sie in die kleine Waldhütte.
„Du hast gekocht?!"
Er lächelte.
„Nicht nur du kannst das", sagte er.
„Liz?"
„Nein, ich."
Sie lächelte leicht.
„Ich hab noch keinen Hunger."
„Sag mir Bescheid, wenn du möchtest. Es ist alles bereitgestellt."
Sie setzten sich auf das kleine Sofa.
Sie sah sich um.
„Hier wohnst du jetzt also."

Er nickte.

„Ja, vorläufig."

„Klein für euch beide."

„Wir haben uns über Jahre als Kinder ein Zimmer geteilt, das ist Gewohnheitssache."

Anabelle lehnte sich an ihn. Jonas streichelte ihre Hände.

„Ich hab dich vermisst."

Er lächelte.

„Ich dich auch, Belle", sagte er. „Aber es war besser, dass ich mich nicht habe sehen lassen."

Sie nickte.

„Ja, Christine ist noch immer ziemlich sauer."

„Hat sie was zu dir gesagt?"

„Nein, sie hat mich in Ruhe gelassen, ich bin bei Elvira untergekommen. Elvira hat sich ihren Besuch bei ihr verboten. Ich hab nur mit Judy und Pam geredet. Sie haben erzählt, dass Christine fast nur noch schreit und massig Strafarbeiten verteilt."

„Und Mike ist auch begeistert, habe ich gehört."

„Christine übertrifft im Moment selbst ihn."

Jonas schnaufte.

„Und morgen kommen welche vom Jugendamt."

„Ich weiß, Elvira hat's mir vorhin gesagt."

Anabelle hob den Kopf.

„Meinst du, sie schließen den Hof?"

„Ich weiß es nicht", sagte er ehrlich, „die wollen verlässliche Partner. Im Moment ist das nicht wirklich der Fall."

„Jonas?"

„Hm."

„Küss mich."

Er lächelte, dann drückte er sanft seinen Mund auf ihren. Er seufzte laut. Eine Gänsehaut lief seinen Rücken hinunter.

„Ich hab noch was für dich", sagte er leise. „Aber dazu müsste ich aufstehen."

Anabelle ließ ihn das kleine Päckchen vom Tisch holen und bat, die Plastiktüte, die Liz neben sie gestellt hatte, mitzubringen.

Sie kuschelten sich wieder aneinander.

„Hier", sagte er, „alles Liebe zum 18. Geburtstag. Ab sofort bist du ein großes Mädchen." Sie schmunzelte.

An ihn gelehnt wickelte sie das rote Papier ab und öffnete die Schachtel. Sie hob den Kopf.

„Ich hoffe, er passt." lächelte er und nahm den Ring aus dem Etui. Vorsichtig schob er ihn auf Anabelles Finger. Sie nickte.

„Ein bisschen locker, aber er passt." Sie betrachtete den Ring. „Er ist wunderschön."

„Nicht annähernd so schön wie meine Belle."

Er küsste sie.

Anabelle schmiegte sich an ihn. Sie deutete auf die Tüte.

„Ich hab an deinem Geburtstag ganz vergessen, dir dein Geschenk zu geben."

„Du hattest was für mich?", fragte er überrascht.

„Sogar zwei Sachen", lächelte sie, „allerdings beide erst nach der Kirmes."

„Was?"

„Sieh nach."

Jonas beugte sich mit ihr im Arm nach der Tüte. Er förderte einen Stoffhund zutage, der wie Coco aussah.

„Mein eigenes Coco-Vieh", grinste er, „zum Glück frisst der hier weniger."

Anabelle musste lachen. Jonas lächelte. Endlich war sie ein wenig fröhlicher.

„Und das andere?"

„War das, was ich beim Pferderennen gewonnen habe."

„Ach ja", machte er, „geschlagen von 'nem rosa Pferdchen." Er öffnete den Karton. „Das ist nicht dein Ernst."

Er sah Anabelle ernst an.

„Das kann ich nicht annehmen."

„Bitte", sagte sie eindringlich, „ich weiß, dass du es dir eh kaufen wolltest. Und es gab es als Gewinn."

Er atmete tief.

„Du bist verrückt. Warum hast du dir nichts für dich ausgesucht?"

„Weil ich dir etwas schenken wollte."

„Der Hund hätte genügt."

Sie schüttelte nur den Kopf.

„Ich liebe dich." Jonas küsste sie innig. Anabelle umarmte ihn.

„Und so kommen wir also zu dem Schluss..." Diese theatralischen Pausen waren der Horror.

„...dass sich unsere Befürchtungen als unbegründet erwiesen haben. Sie haben hier alles sehr gut im Griff."

Christine atmete hörbar auf. Die beiden Vertreter des JA reichten ihr die Hand.

„Sie werden unseren Bericht in den nächsten Tagen zugestellt bekommen. Wir werden uns dann jetzt verabschieden. Alles Gute."

„Vielen Dank." Christine begleitete die beiden hinaus auf den Hof und wartete, bis sie außer Sichtweite waren.

Dann stieß sie einen lauten Schrei aus.

Elvira, Anabelle, Jonas und Mike sahen sich an.

„Scheint alles gut gelaufen zu sein." grinste Mike.
Die Tür zum Aufenthaltsraum öffnete sich. Christine trat ein.
„Alles ok. Sie lassen uns weitermachen." sagte sie erleichtert.
„Na, wer sagt's denn", grinste Elvira, „hab ich den Sekt doch nicht umsonst kalt gestellt."
Christine sah zu Jonas hinüber.
„Danke."
Er nickte nur.
Mike sah sie an.
„Da ist eigentlich noch mehr fällig, oder?"
Christine atmete tief.
„Ja, du hast recht", sagte sie, „du hast mir heute den Arsch gerettet, Jonas. Alleine mit Mike hätte ich die nicht überzeugen können."
„Ich hab von Elvira und Belle erfahren, was ansteht", sagte er, „und ich konnte mir denken, dass das ne Prüfung auf Haut und Knochen wird."
„Trotzdem", sagte sie schuldbewusst, „ich hab dich rausgeschmissen. Du hättest mir nicht zu helfen brauchen."
Er nickte.
„Hätte ich nicht, stimmt."
„Tine!"
Sie sah zu Mike hin.

„Ja", machte sie, „ich weiß. Jonas? Kannst du dir vorstellen wieder hier anzufangen?"
„Nein."
Sowohl Mike und Christine als auch Anabelle und Elvira starrten ihn an.
„Aber ich kann mir vorstellen, dass Elvira und Liz und Belle und ich hier wieder arbeiten."
Elvira schlug ihn unsanft gegen die Schulter.
„Versetz eine alte Frau wie mich nicht so in Schock." sagte sie. „Das übersteh ich nicht."
Christine nickte.
„Ja, Botschaft ist angekommen. Natürlich könnt ihr alle wieder hier anfangen. Ich hab die Kündigungen eh noch nicht weitergeleitet."
Jonas grinste.
„Na dann, schön wieder da zu sein."
„Willkommen zu Hause." Mike schlug ihm unsanft auf die andere Schulter.

Der Schnee schluckte jedes Geräusch der Umgebung. Selbst Coco konnte sich anschleichen ohne gehört zu werden. Der Hof war wie ausgestorben. Anabelle lehnte an Jonas Schulter und sah aus dem Fenster.
„Richtig ruhig hier, wenn keiner da ist."

Er nickte.

„Ja, aber das wird sich ändern, wenn die ganze Meute im neuen Jahr wieder auftaucht."

„Noch ganz viele ruhige Tage." lächelte sie. Es polterte auf dem Gang.

„So viel zum Thema Ruhe", grinste Jonas. „Elvira, lass das Haus stehen."

„Ich schmeiß diesen Hund noch mal eigenhändig vor die Tür", knurrte die Köchin in der Tür. „Liegt mitten vor der Treppe, so dass ich fast drauf trete."

Sie zog sich einen Sessel heran.

„Na, ihr beide, friedliches Weihnachtskuscheln?" Beide nickten. „Es ist schön, ein glückliches Paar zu sehen", fuhr sie fort, „all der ganz Stress. Schön, dass es noch Liebe gibt."

Anabelle schmunzelte. Jonas beugte sich vor und gab Elvira einen Kuss auf die Wange.

Sie lachte auf.

„So war das gar nicht gemeint."

Jonas lehnte sich wieder zurück und zog Anabelle an sich.

Elvira trank einen Schluck von ihrem Punsch.

„Sagt mal", sie wirkte nachdenklich, „das ist vielleicht nicht der beste Zeitpunkt, aber… Was ist eigentlich aus dieser Skulptur-Sache geworden?"

Anabelle und Jonas wechselten einen Blick.

„Einiges", sagte Jonas, „ich hatte mich nicht verguckt, es war die Skulptur meines Großvaters. Die Polizei hat herausgefunden, dass Belles Vater sie damals nicht von einem Freund, wie er immer behauptet hatte, bekommen hat, sondern gezielt einen Mann beauftragt hat, das ‚Ding' zu besorgen. Dieser Mann ist bei uns eingebrochen. Er wollte das Geld von Belles Vater unbedingt und es war ihm egal wie. Er hat meine Eltern umgebracht. Mittlerweile ist auch klar, wer es war. Ich kenne ihn sogar. Ein ehemaliger Angestellter von meinem Vater. Entlassen wegen Spielschulden und Alkohol. Er hatte mit meinem Vater noch eine persönliche Rechnung offen. Deswegen wahrscheinlich auch die Brutalität. Der Typ war schon damals jähzornig. Er sitzt mittlerweile im Gefängnis, wegen Mordes."

„Und dein Vater?", fragte Elvira nach einer Weile an Anabelle gewandt.

„Er ist verurteilt worden. Wegen Deckung einer Straftat und Anstiftung zum Raub. Aber nur zu einer Bewährungsstrafe. Für die Firma war es trotzdem eine Katastrophe. Die Aufträge sind eingebrochen. Sie sind nahezu pleite."

Elvira zögerte mit ihrer Frage.

„Ich hab keinen Kontakt mehr zu ihnen", sagte Anabelle.

Elvira lächelte.

„Ich habe einmal versucht mit meinen Eltern zu sprechen. Sie haben mir vorgeworfen, dass ich zu Jonas halte und dass er Schuld an ihrer Lage sei. Sie haben mich vor die Entscheidung gestellt, entweder er oder sie. Meine Wahl kennst du."

Jonas küsste ihre Schulter.

„Ganz schön viel los gewesen in den letzten zwei Jahren", seufzte Elvira.

Jonas und Anabelle wechselten einen Blick.

„Und es wird im nächsten Jahr so weitergehen", sagte er.

„Wieso?"

Elvira sah auf.

Anabelle und Jonas schmunzelten.

„Zumindest zwei Großveranstaltungen."

„Von was redet ihr, Kinder?"

„Von Liz und Mike und von uns beiden."

Elvira verstand kein Wort.

„Ich werde alt, ich versteh nichts mehr."

„Liz und Mike bekommen ein Baby. Die Taufe ist im Herbst."

„Deswegen die Kugel." Elvira setzte sich auf, so dass der Punsch in ihrem Glas gefährlich schwappte. „Mike als Papa, na holla, das wird lustig." Sie sah Jonas an. „Und was ist das mit euch? Bist du auch schwanger, Anabelle?"

„Nein", lachte sie.

„Das nicht", sagte Jonas und küsste Belle auf die Wange, „aber wir heiraten trotzdem."

Coco winselte erschrocken. Elviras Freudenschrei scheuchte selbst die Vögel im Garten auf.